大名

殿さま商売人1

沖田正午

時代小説

二見時代小説文庫

目次

べらんめえ大名——殿さま商売人 1

第一章　嗚呼《ああ》、金がない

一

下野《しもつけ》三万石鳥山《とりやま》藩は、未曾有《みぞう》の財政逼迫《ひっぱく》の窮地《きゅうち》に陥《おちい》っていた。

これといった地場《じば》の産業もなく、土地は痩せている。慢性的な財政難の上に、鬼怒《きぬ》川《がわ》の河川修復工事が重なり、多額の財が費やされた。とうとう財貨も底をついた状態となった。

「──嗚呼、金がない」

七代目藩主小久保忠介《こくぼただすけ》が、先代の逝去《せいきょ》にともない跡目を継いだときからの口癖である。

藩主となってから半年が経つ。三十四歳の働き盛りで、壮年期を迎えていた。

「このままでは藩は立ち行かなくなる。なんとかせねば……」

焦《あせ》るものの、これといった手立てが思い浮かばない。つい先日まで若様ともて囃《はや》されてきた男である。藩主になるまで、藩の財政がこれほどまで逼迫しているとは夢にも思っていなかった。

生母から侍女《じじょ》、腰元たちに囲まれ、周りは女だらけである江戸の中屋敷で育った忠介は、昼間は武芸の鍛錬と勉学に勤《いそ》しみ、そして茶道や囲碁を嗜《たしな》む一見凡庸《ぼんよう》な性格に見受けられた。しかし、夜ともなると警護の家臣もつけずに忍び姿で江戸の町を徘徊《はいかい》するほどの遊び人に変貌する。町人たちの中に交じり酒を酌《く》み交わすか、博奕《ばくち》にうつつを抜かすことが楽しみであった。

——藩に、難儀が降りかかってなければそれでよい。

藩政にはまったくかかわらず、現状がどのようになっているのか知る由《よし》もなく、この世を謳歌《おうか》する若殿であった。

そんな忠介に、突然生活が一変する出来事が起こった。

およそ半年前、先代藩主小久保忠盛《ただもり》が急逝《きゅうせい》し、いきなり石高三万の鳥山藩の政《まつりごと》が忠介の双肩に重くのしかかってきたのである。

嫡男の忠介は、否応《いやおう》なく下野三万石鳥山藩の跡目を相続した。

「──殿」

家臣から呼ばれる、この言葉のなんと心地のよいことか。しかし、そんなものは三日もすれば慣れてくる。

家督襲名の披露も済んで、いよいよ藩の政に精を出す段となった。

国元に入った忠介は、まずは城代家老の太田光善《おおたみつよし》と面談をする。

「殿、藩主襲名恐悦至極でござりまする」

畳に両手をついて拝する家老太田の、藩主に対する崇《あが》めはここまでであった。

「さてでござりまする……」

一段高い御座《ぎょざ》に座る忠介に、太田は面《おもて》を上げて奥に窪んだ目を見据《みす》えた。五十歳にもなろうか、痩せた皺《しわ》多き顔に苦労の陰が宿《やど》っている。

「わが藩は、ただいま逼迫の危機に陥ってございます」

生まれて初めて、忠介が家臣から受けた報告であった。

「なんだ、逼迫の危機とは？」

いきなり言われても、忠介には理解できるはずがない。財政に関しては、今まで帳簿一つ見ていないのだ。

「財政困難に陥ってるところにきて、一刻も早く鬼怒川の土手《どて》の修復工事を進めなくてはなりませぬ。それにも多大な出費となりまする」

藩主となって、いきなり洗礼を浴びせられる。

「鬼怒川を、なぜに修復せねばならぬのだ？」

「分からぬのですか、殿には？」

痩せぎすの顔面を赤らめ、太田は忠介に迫った。

「分からんから、訊いておるのだ。それの、どこが悪い？」

家老太田の顔色を見ていれば、藩は相当窮地に立たされていることが分かる。藩主となって早々、対戦状を突きつけられた心持ちに忠介はなった。のっけから家臣との対決かと、忠介の気持ちは憂いをもっと、ふーっと一つ、口からため息が漏れた。

「別に悪くはございませんが、殿も藩主になられたからにはそれなりの心構えを……」

「もとうにも、いったいどうなっているのか分からん。なんせ、先だってまで江戸屋敷では、腰元と蹴鞠《けまり》をして遊んでいたからな」

江戸での夜遊びを隠して言った。

「藩の窮状を、ご存じではなかったのですか？」

「ないな」

忠介の、素っ気ないというよりも、他人《ひと》ごとみたいな一言に、太田の口からもふーっと一つため息が漏れて、憂いのこもる声音《こわね》となった。

「互いにため息などついて、憂いていても仕方ない。どうやら余は嫡男として甘く育てられていたせいか、藩政に疎《うと》くなっていたようだ。爺《じい》……いや、太田の面相を見ていたら余程の苦労が見受けられる。そうだ、これからは爺などと甘っちょろい呼び方はせぬ。気持ちをしっかりともたぬといかんからのう」

「殿……」

家老太田の皺深い面相から、藩ののっぴきならぬ現状を悟った忠介はその場で考えを改めた。

「だが、本当に何も分からんのだ。これから、一から学んでまいる」

「よくぞ仰《おお》せになられました」

太田の、奥に窪む小さな目に光るものがあった。

むしろ、なまじの知識があって余計な指示を下されるより遥かによい。とかく藩主に成りたてのころは、その威厳から居丈高《いたけだか》になることが多いと聞いている。

──凡庸と聞いていたけど、意外と非凡なのではないか。

聞く耳をもたぬ藩主よりも、無知であったほうが与《くみ》しやすいと太田は思った。

「それでは改めて訊くが、お足《あし》がないのになぜに鬼怒川を修復せねばならんのだ？」

お足と聞いて、太田の首が若干傾《じゃっかんかし》いだ。ずいぶんと下世話《げせわ》な言葉を使うと思ったからだ。

「お足というのは……？」

「金のことだ」

「江戸では金銭のことを、お足というのですか？」

「ああ、下々《しもじも》ではな。足早く出ていってしまうから、銭金のことをお足という」

「それは、いい得て妙でござりまするな。それにしても、下々のことをよくご存じでおられますな」

「たまに、夜な夜な外出……そんなことよりも、余の問いに答えよ」

苦労を重ねる家臣の耳に、遊びに耽《ふけ》っていたことまでは入れたくない。

「左様でござりました。殿もご存じのように、わが藩の土地は山林が多く作物を育てるに適してはおりません。いわゆる、不毛地帯というのでありますな。しかし、唯一肥沃である鬼怒川河川沿い一帯に新田を開拓し、米の育成に力を注いでおります。鬼怒川の氾濫を堰《せき》止める堤防も完成し、これで起死回生策かと思われましたところ……」

と言ったところで太田の声音がくぐもり、がっくりと肩が落ちる。

「藩の力となってくれると思われた鬼怒川が……」

気をもち直して、太田は再び語り出す。

「先だっての大雨で決壊し、せっかく耕した田が……」

「そこまで言えば、余にも分かる。鬼怒川の修復工事とは、そのことであるな」

「御意《ぎょい》」

「しかしのう……」

腕を組んで忠介は思案に耽る。そして、しばらく考えてから出た言葉は――。

「金がかかるってんなら、やらなきゃいいじゃねえか」

「はあ、今なんと仰せで？」

忠介の言うことに耳を疑い、太田は問い返した。話の内容はさることながら、急に言葉つきが変わったからだ。太田にしては聞き慣れない口調である。

「殿様言葉なんて、まどろっこしくてしょうがねえ」

「はあ……」

にわかに江戸言葉の、それも伝法《でんぽう》なもの言いに変わった忠介に、太田は戸惑いをもった。

「なんか、文句があるか？」

「いえ、滅相《めつそう》もない。殿のご随意にお話しくだされ。むしろ、頼もしくさえ感じまするぞ」

「よし分かった。これからは、こんな調子でいくことにするぜ」

半分耳障《みみざわ》りに思えども、忠介の言葉に力強さを感じ取った太田は、深くうなずいて返した。

「鬼怒川は、鬼が怒るというくらいの暴れ川だ。治したところでどうせまた、どこかの箇所が決壊するに決まってらあ。だったら端《はな》から……」

「何を仰せになりまする、殿は。民が懸命になって開発した新田を、藩が守ってやらねばいかがなさりまする。それにより、藩の財源だって確保されるのですぞ」

口角《こうかく》泡を飛ばしての、太田の一途《いちず》な諫言《かんげん》であった。

「やらなきゃいいと言っているのではねえぜ。話は最後まで聞きな」

「お聞きしましょう」

口調は認めたものの、話の内容如何《いかん》では名君か愚君かの答が知れる。太田は一膝乗り出し、忠介の話を聞くことにした。

「どうせやんなら、どんなに鬼怒川が暴れようが、絶対に崩壊しないという土手を造らねばならねえ。中途半端に土を盛ったって、そんなのは気休めってもんだ。とことん造り直すか、まったくやらねえかのどっちかだ」

「とことん修復し治すとなると、どこまで財がかかるか分かりませぬ。到底《とうてい》、今ある財ではこと足りず……」

「着物の継ぎはぎなんかじゃねえんだぞ。壊れたとこだけ、ペタペタと張り替えたところでどうするい？」

太田の言葉を遮《さえぎ》り、忠介は言った。

「やるんなら徹底的にやる。やらねえのなら、そのままにしておく。いってえ、どっちにする？」

「はあ、どっちと言われましても……」

忠介に結論を急《せ》かされ、太田は戸惑うばかりであった。

「すべては、金だよなあ。そんなに、ねえのかい？」

「このままですと、小久保家は存亡の危機に……」

「だったら、いっそのこと潰せばいいじゃねえか。気が楽になるぞ」

「なんてことを仰せになられまする」

忠介の捨て鉢な言葉に、太田の皺顔から血の気が引いて蒼白となった。そして、さらに諫言をする。

「小久保家が改易《かいえき》になりましたら、多くの家臣とその家族は路頭に迷うのですぞ。鳥山藩を他家が継いでも、家臣までは継ぎませぬ。八割方は仕官が叶《かな》わぬものと。それと、民にどれほどの負担を……」

「いいから、そのぐらいにしとけ」

黙っていたら語りが止まりそうにない太田を、忠介は手を差し出して止めた。

「おれだって、そのくらい分かってるよ」

さて、どうして行こうかと、忠介は脇息《きょうそく》に体を預け思案する体勢となった。

家臣や領民をこの窮地から救わねばならない。とくに民は腹を空かし、餓死寸前だと藩主になって初めて聞いていた。

——親父は、こんな窮地に陥るまで何をしていたんだ？

先代を蔑《さげす》むも忠介だって、威張っては言えない。藩の状態を省みず、遊びに呆けていたからだ。

藩主として結論を出さなくてはならない。このとき忠介はある考えに達していた。

二

ここで藩主としての力量が問われる。

今後、絶対の権限を誇示するためにも最初が肝心と、忠介は肚《はら》を据《す》えた。

「よし、これからはおれの言うとおりにしろ」

一間《いっけん》先に座る、城代家老太田の頭上に厳命を放つ。有無を言わせぬほどの、厳たるもの言いであった。

「ははぁー」

口調に押され、太田は畳に両手をついて命《めい》が下るのを待った。

「あしたから家臣全員、裃《かみしも》を取り袴《はかま》を脱いで野良着《のらぎ》に着替えること。むろん、おれも野良着だ」

「なんと……身共《みども》もですか？」

「あたりめえだ」

「あたりめえって、どんな意味でござりまするか？」

「当然だって意味だ。そんな、動くのにかったるいものを着てかしこまってるから財政は立ち行かなくなるのだ。そんなもの脱いで、外で働くことにする」

「外に出て、何をするのでございましょう？　田畑で作物を耕すのは百姓の仕事ですし……」

「とりあえず、壊れた堤防の箇所を家臣たちの手で修復するのだ。人夫を雇えば、それだけ金がかかるだろうしな。あしたからみんなして、もっこ運びだ。あとは、あんたのほうから普請奉行《ふしんぶぎょう》と相談しな」

思ってもみぬ忠介からの命令に、唖然としている太田からの返事はない。

「どうしたい、いやだってのか？」

「いえ、いやとは……」

「それだったら、杭《くい》や土嚢《どのう》の頭陀袋《ずだぶくろ》だけで予算は済むだろう。だがな、これは応急の処置だ。この一年、大雨がなければの話だ。それで予算が浮いた分、民百姓に食いものを与えろ。麦めしに大和芋《やまといも》を食わせ、精をつけさせてあげな。大和芋ほどうまくて滋養のあるものは、この世にねえからな」

忠介自身、大和芋が大好物である。一日の食事のどこかに、大和芋の擂《す》りおろしがついていないと不機嫌である。

「大和芋を擂りおろしてな、熱い麦飯にぶっかけ醬油《しょうゆ》を垂らして食うのがうめえ。

考えただけで、涎《よだれ》が出らあ。ただし、あいつは食ったあと、口の周りが痒《かゆ》くなるのがいけねえ」

色白で、皮膚が弱そうな忠介は、大和芋のあくに弱い。大和芋を食したあと、いつも口の周りを赤くしているのが痛々しくみえる。

「痒いより、うまいほうが勝るってものだ。そうだ、いくら痩せた土地だとはいっても、少しぐらいは肥沃なところもあるだろうよ。そこに、畑を開拓して麦と大和芋を作ったらどうだ。人の手が足りなかったら、江戸藩邸からも暇な奴らを連れてくればいいだろ」

「御意！」

太田からの、力強い返事があった。

武士も民も一丸となって、鬼怒川河川修復と麦に大和芋の栽培、そして米作に力を注ごうと藩主忠介の触れが回ったのは、文政《ぶんせい》十一年那須《なす》連山から吹き降ろす風がまだ冷たい、如月《きさらぎ》初旬のころであった。

鳥山藩家臣一同、家老から足軽に到るまで野良着に着替え、鍬《くわ》や鋤《すき》を手にする。

普段、慣れない力仕事に家臣たちは辟易《へきえき》し、当初のうちは腰が痛い足が痛いと寝込む者が続出したが、城代家老の太田がそれを許さない。

「足腰の痛みくらいで労を惜しむ者は、禄《ろく》を半分の減俸とする。それでもいやならば、禄を没収し藩を去ること。この一年の我慢ぞ」

檄文《げきぶん》が家臣の間に行き渡る。

いつしか鬼怒川の土手に、すみれや菜の花が彩り鮮やかに咲く季節となった。ひ弱であった家臣たちも、いつしか日焼けをして様相はたくましくなり、腕周りも若干太くなってきていた。足腰が痛いなどと、泣き言を言っている家臣は皆無となった。

忠介も野良着となって、藩内を馬で飛ばすのが日課であった。とくに、土手の改修現場には毎日馬で乗り入れ、家臣たちを叱咤激励する。

農閑期に商人から職人、百姓を問わず領民総出で畑の開拓に乗り出したおかげで、春には二町歩《ちょうぶ》（六千坪）の畑を耕すことができた。

他藩から大和芋の種芋、そして肥料を買いつけるだけならさして財政には響かない。田植えの前までに、百姓総出で大和芋の植え付けは終わった。秋になれば、収穫をして藩民の食は賄うことができる。

鬼怒川の、土手の修復作業も順調である。武士が刀を置き、鍬や鋤にもち替えたお陰で、決壊した箇所は元どおり修復した。

「これで、完成ではないぜ。あくまでも、応急の処置だ。このあとの一年、大雨が降って決壊しなければ、藩はなんとかもち堪《こた》えられるだろう。これからは、農作物の作付け面積をさらに増やし、大和芋の生産高を国内一として、烏山藩の名物品として売りに出す。財政が磐石《ばんじゃく》なものとなった五年後には、鬼怒川の護岸を強固にしてなんの心配もなく農作業に励めるようにする」

藩主就任以来半年の間に、忠介が描いて立てた計画であった。

「稲の育ちはどうだい？」

「へえ、うまく育っておりますです」

水田に出て、忠介は農夫に訊《たず》ねる。

「そうかい。これで、秋にはうまい飯が食えるというもんだ。よろしく頼むぜ、とっつぁん」

ゲロゲロと蛙《かえる》の鳴き声を心地よく聞きながら、忠介は水田を去っていく。

「誰なんだい、あの人は？」

忠介に声をかけられた農夫が、水田から上がってきたもう一人の男に訊いた。

「五助《ごすけ》は知らなかったのか？　あのお方が、藩主さまだってのを」

「なんだって？　それじゃ、おらは……」

馬に乗って走り去る忠介を、遠くに見ながら二人の農夫は深く頭を下げた。


夏が終わりを告げるころまでは、すべてが順調であった。

黄金色《こがね》に育った稲穂は実をつけ、頭《こうべ》を垂れている。大和芋も、土の下は手の形をした根が張っているはずだ。

「米を刈り取ったあとで、大麦を植えたらいかがでしょうかのう」

ある日稲刈りの様子を見に来た忠介に、農夫が提案する。

「そんなことって、できるのかい？」

農業には疎《うと》い忠介である。百姓が直接藩主に向けて提言するなんてことは、今までなかったことだ。


水田は、稲を刈り取ったあと翌年の田植え時期までは空地となる。その間を利用して、大麦の種を播《ま》いたらどうだとの提案であった。

「どこでもやっていることでございますです」

大麦は、秋に種播きをして初夏に収穫する。米の裏作《うらさく》として栽培しているところが多い。いわゆる、二毛作《にもうさく》である。

「……なんで今までやらなかった？」

稲を刈り取り、そのあとに大麦の種を播く。そんな知識も、お城の中でふん反《ぞ》り返っていては得られないものだ。鬼怒川流域は肥沃な土地であった。稲穂はたわわに実り、水田は黄金色に輝いていた。

夕方に城に戻った忠介は、さっそく家老の太田を呼んだ。

「どうだ、これで藩の財政は潤《じゅんじゅん》々たるものとなるだろうよ」

野良着を纏《まと》った忠介が、一段高い御座《ぎょざ》の間《ま》から一間《けん》離れた、これまた野良着に身を包んだ家老の太田に話しかけた。

「御意！」

両手を畳につけ、太田が拝する。

「家臣、お百姓、商人から職人たち藩民が総力を挙げた賜物《たまもの》だぜ」

百姓に『お』をつけてまで、忠介は民を敬《うやま》う。

「御意！」

太田の、顔の奥深くある両目から涙が一つ二つと零《こぼ》れ落ちた。

「なんだい、太田さん。めそめそしやがってよ」

「太田さん……？」

さんづけで呼ばれたのは、生まれて初めてである。しかも、目上の藩主からである。気安い呼び方も、太田にしてはまんざらではなかった。

「いや、殿がこれほどの名君だとは、思ってもおりませんでした」

「そんなに、おだてるんじゃねえやな。まだまだはじまったばかりだ、これからが本当の勝負だぜ」

「とにもかくにも、殿のお陰で先の望みが立ちました。家臣たちはたくましくなりましたし、百姓たちはこれまでにないやる気を見せております」

「おれのお陰なんかじゃねえや。みなが一丸《いちがん》となってやったからこそできたことだ。ただし、こんなことで甘えてちゃいけねえよ」

安心するなとの、戒《いまし》めも忘れない。

「それと百姓じゃねえ。上におをつけて敬いな」

「御意！」

「さっきから、ぎょいぎょいってうるせえな。ほかに言うことはねえんかい？」

「御意！」

さらに深く、太田が頭を下げたところで忠介お付きの小姓《こしょう》が入ってきた。この者の身なりも野良着である。

「殿、夕膳の用意ができました」

「分かった。太田さんの分も、あるんだろうな」

「殿、身共は……」

別のところで食すと、遠慮する。

「遠慮なんかするんじゃねえ。めしなんてのは、大勢で食うのがうまいんだ。そうだ、大番頭《おおばんがしら》の田中《たなか》も呼んでこい。そしたら、左馬之助《さまのすけ》も一緒に食え」

元服前の、前髪のある小姓にも同席を勧める。

「ははぁ、それではこちらにおもちいたします」

しばらくして、腰元たち四人が銘銘膳を抱えて入ってきた。忠介が藩主になる前までは、腰元たちはみな矢絣《やがすり》の小袖を着ていたが、今は女用の野良着である。中には、継《つ》ぎはぎのあたっているのを着ている者までいる徹底ぶりであった。

「夕の膳をご一緒ということで……」

四十歳前後に見える、大番頭の田中巻兵衛《まきべえ》が入ってきた。

忠介と太田に田中、そして左馬之助が四角の形で座る。

夕めし膳は、質素であった。銘銘膳に載っているのは、米と麦が五分五分の麦飯と、沢庵《たくあん》の香々《こうこ》が三切れと菜っ葉の汁物である。

だが、忠介は機嫌がいい。

「こいつが、うまいんだぜ。ここの畑でできた初ものだ」

大きな擂鉢《すりばち》が用意してある。中には、黄色味がかった大和芋を擂りおろしたとろろ汁がたっぷりと入っている。

「麦飯は、熱々じゃなくてはいけねえ」

お櫃《ひつ》からよそられた麦飯は湯気が立ち、炊《た》き立てのように熱い。

「こいつに大和芋をたっぷりかけてだな……」

ゴクリと忠介の喉《のど》が鳴る。

「醬油をかけて、かき回すんだ」

忠介が見本を示し、三人がそれに倣う。

「おっと、そんなに醬油をかけちゃいけねえよ。大和芋の味を損《そこ》ねら」

醬油をかけすぎた左馬之助に、注意を促す。

「くわぁーっ、堪らねえなあ」

つるつると、音を立てて口の中にとろろご飯をかっ込む忠介の食い方は、見ている者にも食欲をそそる。

「いただきまする、殿……」

忠介が食するまで控えていた太田が、まずは箸《はし》と茶碗をもった。

「何をしてるい。まだ食ってなかったのか？　めしが冷めたらうまくなくなるぜ。もう一杯……」

お櫃の前に控える腰元に、忠介は茶碗を差し出す。

「はい……」

腰元が受け取った茶碗に、麦飯を盛る。

「そんなに盛っちゃ、とろろがたっぷりかけられねえだろ。茶碗半分でいいんだ」

とろろ飯に関しては、細かいところまで指図をする。

「ああ、食った」

家臣たちはまだ一膳目を食さぬうちに、忠介の夕餉《ゆうげ》は済んだ。だが、これからが大変である。

「痒《かゆ》い……堪《たま》らねえな」

かっ込むように食したから、口の周りに大和芋のあくがつき真っ赤になっている。

およそ半刻は、その痒みを我慢しなくてはならない。うまいものを食ったあとの代償であった。

三

擂鉢の中のとろろ汁は、一滴残さずなくなった。

「まったく、この痒みさえなんとかできればいいんだが……みんなは、なんともねえのか？」

「身共はなんともありませんが……」

太田と田中が口をそろえて言う。

「齢《とし》を取ると、感覚が鈍くなるからな。左馬之助はどうだ？」

「はっ。自分は、ちょっと痒いです」

「若いだけに、やはり敏感だな。この、痒みを取るのに、何かいい手立てはねえもんかな？」

大和芋のとろろ汁が大好物だというのに、忠介は痒みを取る方法をまだ知らないのだ。いつもなら我慢をしてやり過ごしてしまうのだが、このとき初めて家臣たちの前で口に出した。

「お殿様、よろしゅうございましょうか？」

腰元の一人が、畳に手をつき口を出した。まだ、二十歳前後の娘であった。目はパッチリとして、麗《うるわ》しい。鼻はちょこんと上を向き、口元は恥じらうように控えめで小さい。面相《めんそう》は忠介の好みであった。

「初めて見る顔だな。どこの娘だ？」

「醬油蔵《ぐら》は『正満屋《しょうまんや》』の次女で、喜代《きよ》と申します。喜ぶに、お代官の代と書きます」

「お喜代ちゃんかい。それで、何が言いてえんだ？」

藩主からお喜代ちゃんと呼ばれ、さらに大きく目が見開いた。

「お口の周りの、痒みを取る方法でござります」

言うとお喜代は、傍《かたわ》らに置いてあった丼《どんぶり》を前に差し出した。ツンとした、酢の匂いが鼻をさす。

「なんだい、それは？」

「この酢水《すみず》で、お口の周りを拭いて差し上げます」

お喜代は中腰で立ち上がると、忠介に近寄っていった。

「これ、無礼であろう」

田中がお喜代をたしなめる。

「いや、かまわねえよ」

「ご無礼します」

小切れの布に酢水を浸し、お喜代は自ら忠介の口の周りを拭いた。

「これで、よろしいかと……」

しばらくすると、不思議にも痒みは治まる。

「おっ、痒くなくなった。いや、こいつはたまげた」

忠介の、喜びようは尋常《じんじょう》ではなかった。とろろ汁を食す忠介の口の周りが赤くなるのをほかの腰元たちは知ってはいても、誰も問うことはなかった。厨《くりや》でもってその話を聞いたお喜代は、この日初めて忠介の面前に出て痒み止めの用意をしていたのであった。

「お喜代はいくつだ?」

「今年二十一でございます」

「一回り以上違うが、ちょうどいい齢《とし》の差だ。これからは、おれの側《そば》について世話をしな」

お喜代を見初《みそ》めたのは言うまでもない。ただし、江戸の藩邸には三年前に娶《めと》った正室がいる。悋気《りんき》の激しい正室には、隠しておこうと忠介は思った。

「みんなも、これで頼むぜ」

人差し指を口の前に立て、三人の家臣に密事を促す。

「それは重畳《ちょうじょう》……」

太田のあとに、田中が言葉を重ねる。

「分かっておりまする」

意味が取れないのは、まだ元服前の左馬之助である。一人だけ、わけも分からずきょとんとしている。

「これ、左馬之助……」

「いいから、太田さんよ。左馬之助には意味が分かってねえ。何も知らなきゃ、それでいいぜ」

「御意！」

太田と田中の、声がそろった。

日に日に秋の気配が濃くなっている。葉月《はづき》は中ごろ、稲穂はまさに刈り取りの時期を迎えようとしていた。

百姓たちも、刈り取りの準備で慌しい日々を送っている。

その日朝、南東の空遠くに積乱雲のように、もくもくと湧き上がっている雲の塊《かたまり》を最初に見たのは、以前忠介から声をかけられた農夫の五助であった。

「なんだっぺ、あの雲は……？」

これまで、見たこともない雲の形であった。しかもこの地方、雷雲ならば日光、那《な》須《す》連山のある、北西から張り出してくるのが普通である。この日に限って、まったく逆の方角からである。この季節、朝方には珍しい雲の湧き方であった。

風が吹き出したのが、昼ごろであった。

「この風は、野分《のわき》か？」

忠介が家老の太田に問うたのは、昼餉《ひるげ》が済んだあとであった。いつにない強い風に、忠介の眉間に皺ができた。

「野分でしたら、もっと西のほうから来るはずでございます。季節の変わり目でございますので、天気も不順となっておるのでございましょう」

「ならば、いいんだが……」

外を見ると、西の空は晴れている。不安がよぎるものの、忠介は太田の言葉を呑んだ。

徐々に風は強くなり、夕方には雨が降り出し横殴りの雨となったのは、さらに一刻過ぎた暮《くれ》六ツのころとなっていた。

「だんだんと、雨風が強くなってくるじゃねえか」

すでに、鳥山藩全域が黒い雲で覆われている。暮六ツならば西の空にはまだ光が残っているはずだが、すでに闇が支配していた。

「左様でございまするな。しかし、案ずることではございません。この程度の雨風でしたらよくあること……ではございませんな」

太田が答えるそばから、風はさらに唸りをあげてきている。言いながら、太田の眉間に縦皺ができた。

「ちょっと、やばいんじゃねえのか？」

「なんですか、やばいんじゃと言いますのは？」

「そんな、悠長な話をしている暇はねえ。ちょっと、見てくる」

尋常な嵐ではないと気づいた忠介は、居てもたってもいられなくなって立ち上がった。

「どちらにお越しで……？」

「あたりめえじゃねえか、鬼怒川の土手だよ」

「今からでございますか？」

「これから行かねえで、いつ行こうってんだ。おい、誰かいねえか……？」

「殿、お呼びで……」

隣部屋に控えている近習が顔を出した。

「出かけるから、箕笠《みのがさ》をもってこい。それと、馬を用意しとけ」

「はっ」

一声残して、近習は襖《ふすま》を閉めた。

「殿、これから鬼怒川の土手を見にいってどうなさりまする？　この嵐では、殿のお身が危うくなるだけ。ここはじっと落ち着きが寛容かと思われまする」

「これが落ち着いて、いられるかって」

「お気持ちは分かります。ですが、このぐらいの嵐では、土手は決壊いたしませぬ。昨年の嵐は、この倍ほどの風が吹き数倍の雨の量でございました」

太田の必死の諫めに、忠介の気持ちはいく分の落ち着きを見せた。

「殿、箕笠をおもちいたしました」

「いいから、そこにおいとけ」

「馬も用意いたしましたが……」

「厩《うまや》に戻しておけ」

逸《はや》る気持ちはあったものの、自分一人が行ってみたところでどうにもならない。ここは太田の言葉を信じて、運は天に任そうと肚を据えた。

しかし、夕から宵にかけての嵐はまだほんの序の口である。本格的な暴風雨の到来は、日付けが変わるころからであった。

銚子《ちょうし》沖から上陸した野分の本体が、さらに猛烈な風雨を伴い烏山藩を襲ったのは夜半から未明にかけてであった。

爆風が、忠介の寝所がある二の丸を揺らす。

「これでは、鬼怒川の土手は……」

無念がこもるも、人間の力ではどうにもならぬ。雨戸を開けて、外の様子も見ることは叶わない。建屋を叩きつける暴風、暴雨の音だけを聞きながら忠介はまんじりともせずに夜を明かした。

二十年に一度来るかどうかの、巨大な野分は明け方と共に去っていった。

四

野分が去り、風の音が静かになった。

東の空が、ぼんやりと明るくなる東雲《しののめ》のころ、忠介は本丸の雨戸を開けて外を見やった。

高台からは領地の様子がよく見渡せる。城下の向こうに見えるのは、新しく耕した大和芋畑であった。その大和芋畑がキラキラと光って見える。やがて、日の光が勝ってくると、あたりの全貌が忠介の目に入った。

「……これは」

と言ったまま絶句して、あとの言葉が出てこない。

大和芋畑が光って見えたのは、水が覆っていたからだ。大和芋畑だけではない。さらに遠くに目をやると、領地は一面海の様相を示していた。

「殿、一大事でござりまする」

ガラリと襖が開いて、太田の声が聞こえた。

「太田か。今、外を眺めていたところだ」

忠介の声は、いやに落ち着きを帯びていた。それが、放心状態から出たものかは、そのときの太田には判別がつくものではなかった。

「殿……」

無念からか、太田の声はくぐもっている。

「どうした？　家老だったら、しっかりしな」

「たいしたことはないと言っておきながら、とんでもない嵐でございました。身共の判断の誤りで……」

「そんなことは関わりがねえ。自然なんだから、しょうがねえだろ。もし、あのときおれが慌てて出ていったら、おそらくここにはいねえだろうな。どこかで溺れ死んでるはずだ。お陰で、助かったぜ」

忠介は、自分に言い聞かすように言葉を並べた。

「それよりも、民のほうはどうなった？　みんな、死んじゃいねえだろうな」

「今、調べているところでござりまする。ですが……」

と言ったまま、太田は絶句する。

「城下はどこも水に浸かり、屋根に登って助けを求める者もいると聞いております」

西の鬼怒川ばかりではない。城下の東を流れる那珂川《なかがわ》も氾濫したのだ。鬼怒川は新開拓の農地を、那珂川は城下の町を水に浸けていた。

「あるったけの舟を出せ」

忠介が命令を下しても、烏山藩は内地である。舟といっても、那珂川で鮎獲《あゆと》りを仕掛けるための川舟が数艘《そう》あるだけだ。しかも、その舟すらも流されていると太田は言う。

「ここは、水が引けるのを待つ以外に手はございませぬ」

「いつ、水が引ける？」

「それは、なんとも……。普請奉行がその策を練っております」

「急がせるよう、厳命を下せ」

このくらいしか忠介にはできない。

「ははぁー」

と拝し、太田が飛び出すように出ていく。

「くそったれが！」

手を拱《こまね》いているだけの自分に肚《はら》が立つ。一人になった忠介は、やりどころのない怒りを柱にぶつけた。拳《こぶし》を五寸柱に打ちつける。ゴツンとした鈍い音に、自分で痛みを感じた。

「痛てぇー」

目から火花が散るほどの激痛であった。無駄な怒りは、自分の痛みに返ると忠介はこのとき知った。

ときが経《た》つにつれ、各方面から報告が上がってくる。

聞く話聞く話、望みにつながるものは何もなかった。報せが上がるたびに、忠介の心は打ちひしがれるばかりとなった。

「……これまでの努力は水の泡となったか」

稲穂がたわわに実り、豊作と思われていた稲作は全滅となった。

「……早く、刈り入れとけばよかった」

愚痴《ぐち》が忠介の口を吐《つ》く。

稲作のあと地に播く大麦も、貯蔵小屋が水に浸かり種が用をなさなくなった。

「これで、大和芋も当分食えなくなるな」

手の形に育った大和芋は、今は水の中にある。産業の基盤にしようとの狙いは、ここで頓挫《とんざ》の憂き目をみたのであった。

かくしてこの日未明に鳥山藩を襲った野分は、忠介の打ち立てた鳥山藩起死回生の打開策をものの見事に崩し終えて、去って行ったのである。

鳥山藩の立て直しどころではない。

これから、災害の復旧と被害の実状を受け入れなくてはならないのだ。どれほどの領民を失ったか知れない。

元のようにやり直すにも、財力も人力も失ってしまった。

「……やはり、自然を相手のものは駄目なのか」

あきらめともつかぬ呟《つぶや》きが、忠介の口から漏れた。

「これから、いったいどうする？」

御座の間を、行ったり来たり歩きながら自問自答を繰り返す。


数日が経ち、被害の全貌が明らかになった。

水難に遭って命を落としたものは、領民全体の一割近くあった。家が流され住むところがなくなった者は、数え切れないほど多数におよぶ。作物は、壊滅的な被害となった。

「――雑魚寝《ざこね》であるが、しばらくは我慢をしろよ」

家を無くした領民のために、忠介は城の二の丸、三の丸を開放した。それでも入れぬ者は、城庭に仮設小屋を建て住まわすことにした。

近在の壬生《みぶ》藩、黒羽《くろはね》藩などに援助を依頼するが、どこも同じ被害に遭い、他藩どころではないと取り合ってくれない。それどころか、逆に援助を頼まれ泣きつかれるほどであった。

日が経つにつれ、炊き出しの食料も底をついてくる。

「このままでは、全員が餓死をするぞ」

幕府に掛け合えとばかり、忠介は江戸藩邸に早馬を出したものの、数日後にその返答をもって使者が戻ってきた。忠介は、使者と直《じか》に面談をする。

「殿……」

昼夜馬を飛ばし、江戸から一気に舞い戻った使者は、忠介の前に出ても息が絶え絶えであった。

「江戸……からの……」

「おい、しっかりしやがれ！」

水を与えて少しは回復したか、使者の顔に正気が戻った。しかし、その面相にことの首尾が表れている。

「幕府の天領も被害に遭い、どうしてやることもできねえってんだな？」

「御意……」

無念でござると、使者は畳に頭をつけた。

このとき忠介は、幕府に反旗を翻《ひるがえ》してやろうかと頭に血が上《のぼ》ったが、思いとどまったのは多少は冷静さが残っていたからだ。

——腹っぺらしの家臣でもって江戸城を攻めたとて、とても敵《かな》うわけがねえ。それよりも……。

打開策を見つけるほうが先決と、忠介の頭の中はそちらのほうに向いた。

「……金もねえし、食うもんもねえか」

使者を下げたあと、忠介は御座の間をぐるぐると歩き回った。八方塞《はっぽうふさが》りの状態の中でも、何か光明は見つからぬかと知恵を絞るもののいい案が浮かばない。

氾濫していた水は、おおよそ引けている。

鬼怒川の土手は、一町に渡り決壊した跡があった。家臣総出で修復した箇所ではなく、そこから北に二町ほど行ったところがざっくりと割れている。鬼怒川は、いつもの平静さを取り戻しているが、また雨が降れば多少の雨量でも決壊箇所から水が流れ出すような状態であった。

土嚢を積み上げ応急の処置をするが、万全ではない。こんな繰り返しでは埒《らち》が明かぬと、忠介は農作物の耕作に見切りをつけることにした。

——しかし、自給自足もせずにどんな手立てがあるんだ？

百姓たちの去就も考えなくてはならない。みな、田んぼや畑を捨ててどこに行けばよいというのだ。鍬や鋤しかもったことのない者たちである。

藩主とは、民を守ってこそ殿様である。

「おれなんぞ、殿様でもなんでもねえ」

何もできない自分の不甲斐なさに、忠介は御座の間の真ん中で独り大声を発したそのときであった。

「殿……」

襖の向こうから、家老太田の声がする。

「入りな」

野良着姿の太田が、御座の間へと入ってくると開口一番に訊いた。

「今しがた大きな声が聞こえましたが、何かございまして……？」

「いや、なんでもねえ」

愚痴が聞こえたかと、忠介は太田の表情をたしかめたもののそこに変化はない。逆に太田を見て何かあったかと、驚いたのはその姿であった。

着物が泥だらけである。手には風呂敷包みをもっている。

そんな城代家老の姿を見るのは、初めてのことであった。

「それより、いってえ……」

どうしたのだと、怪訝《けげん》な面持ちで問うた。

「申しわけございませぬ。こんな汚い形《なり》でして……」

畳が汚れると、太田は立ったままである。

「そんなのはかまわねえが。まあ、座りな」

「畳が泥だらけに」

「汚れたら、拭いとけばすむことだ。座って話を聞こうじゃねえか」

自分が座らなければ太田も座らないだろうと、忠介は先に腰を下ろした。頭が殿様よりも上にあってはまずいと、太田は泥だらけの野良着のまま腰を下ろした。傍らに、泥のついた風呂敷包みを置く。

「殿、朗報が一つありますぞ」

久しぶりに、太田の明るい声であった。

「ほう、朗報だってか。早いとこ、聞かせてくれねえかい」

野分以来、聞く話すべて暗いものであった。朗報と聞いて、忠介は膝を一つ前にせり出し、耳を向けた。

「殿、大和芋が生きてましたぞ」

「なんだと！」

忠介の驚きは、尋常ではなかった。その声は、本丸の中に響き渡るほどの大きさであった。

「何かございましたか？」

隣部屋に控えていた小姓の左馬之助が、訝しげな顔をして襖を開けた。

「大和芋が生きてたとよ。左馬もここに来て、家老の話を聞け」

承知しましたと、左馬之助が野良着の姿で入ってくると、忠介のうしろに控えた。

太田が、高座に座る二人に向けて語り出す。

「すべてではございませんが、半分ほどは食せるものとお百姓たちが言っておりました。それと申しますのも……」

畑から水が引け、泥濘《でいねい》が乾いた状態になってようやく大和芋の耕作地帯に入ることができるようになった。地表に出た葉っぱはみな枯れていたが、大和芋は土の中に埋まる根を食すものである。農夫が畑に入り、念のためにと掘ってみたところ、どっこい力強く根を張っていた。

「先ほどお百姓からの報せがあって、身共が畑を見てまいりました。これをご覧ください」

太田は、傍らにある風呂敷を膝の前に置き直し、忠介の前で包みを解《ほど》いて見せた。

五

手のひら形に育った大和芋が、五株ほど入っている。みな、傷《いた》みのないきれいな芋であった。あの水害でも没しなかったとは、奇跡と言っても過言ではない。

「なんで先に、おれに報せなかった？」

「江戸からの使者を待っておるものと。まずは、身共がたしかめに……」

「まあ、いいやそんなこと。それより、どれほどの収穫になる？」

「今、お百姓たち総出で採り入れしているところでありまする。まったく腐って駄目なのもございますが、傷んだところだけ取り除けば充分食せるものも、多々ございまする」

「左馬之助、これでとろろご飯が食えるな」

「御意でございまする」

久しぶりに大好物のとろろご飯にありつけると、忠介ののどがゴクリと鳴った。

「どうだ、それでお百姓たちの食を賄《まかな》うことができるか？」

「さあ、それはどうかと……」

そこまでの量があるかと、太田の首は傾きをもった。

「左様であろうのう」

たった二町歩の作付け面積では、収穫量もたかが知れているだろうくらいのことは、忠介でも想像ができる。しかも、食すことができるのはそのうち半分ほどだという。それを、藩民がみんなして食せばすぐになくなるのは目に見えている。

「……食っちまったら、しまいか」

そこに思いがいたり、忠介の顔が曇る。

いっときは腹が満たせるものの、あとがつづかない。大和芋は、一度収穫をしてしまったら来期まで待たねばならない。種芋を植え、肥料を撒《ま》いて収穫するのは、来年の秋となる。それまでは、待っていられないのだ。

蔵の中にある米や麦は、そろそろ底をつこうとしている。このまま行けば、藩の全員が飢え死にすることになる。まさに、藩内全体が戦《いくさ》で兵糧攻めを受けている状態であった。

「蔵の中の食料は、どのくらいある？」

「あと、十日ももてばよいところかと……」

朝晩二食にして、それも粥《かゆ》にして焚いてである。水気を多くし、ふやかせて量を増やしてのことだ。

「それしかねえのか」

せっかく大和芋が半分生きていたというのに、主食がその有様では喜びも束の間である。

いっとき喜んだものの、忠介の気持ちは元の憂いがこもるものとなった。

収穫された大和芋が、城内に運び込まれた。

傷んだところは切り落とされ、肥料にするために畑に廃棄されたという。食することができるものは、土嚢用として置いてある頭陀袋《ずだぶくろ》に入れられ、城内の庭にうず高く積まれた。

一袋が、土嚢一袋と同じ大きさである。男が一人で抱えられる大きさとみてよいであろう。それが、五百袋ほどある。

見た目では相当な量である。しかし、それをおよそ五千人いる家臣、領民で分かち合えば、ひと冬はとうていもち堪えそうもない。

どうしようかと、思案の忠介であった。

「これを、金に換えよう」

頭陀袋の山を見ながら、忠介の口から呟きとも取れる言葉が吐かれた。

「なんと仰せで？」

傍らに立つ太田の耳に、忠介の言葉が入った。

「大和芋だけでは、腹はくちくならねえ。だったら、こいつを売って銭に変えるのよ。大和芋を江戸にもって行きゃ、けっこう高く売れるぜ」

大和芋の栽培産地というのは限られている。その土壌に適したところでなくては、育たない作物といわれている。そのため、食物としての需要は高いものの、供給のほうが少ない。江戸では希少価値もあって、庶民ではなかなか食せぬ高嶺の花であった。主に卸されるのは、料亭などの高級料理屋に向けてである。

忠介も、大和芋を栽培するにあたり、端《はな》はそれを見込んでいた。しかし、天災は藩民の糧《かて》を奪っていった。

腹を満たすのが先である。それを太田は、口角泡を飛ばして諫言する。

「そんな悠長なことをしてますと、その前にみな飢え死にしてしまいますぞ」

「飢えて死ぬのは、早いか遅いかの違いだ。これを食料に回せば、たしかに冬まではもつだろう。だが、そのあとはどうする。財は底をついて、まったく金がねえ。食うものもねえんだぞ。みんなして、裃や袴を質屋に入れて、糊口を凌ぐとするか？　そういうわけにもいかねえだろ」

「それは、そうでございますが……」

忠介に指摘され、太田が渋々答える。

売りに出すと言った手前、何か策を授けなくてはならない。ふと思いついて口にする。

「だったらあしたから家臣みんな、野良着から小袖に着替えな」

大和芋の入った頭陀袋を見ながら、忠介は家老の太田に命じた。

今度は家臣一同を、農夫の形《なり》から商人に仕立て上げようとの、忠介の肚であった。

それから数日して、江戸藩邸に忠介からの書簡が届いた。

江戸家老の、天野俊之助《あまのしゅんのすけ》宛にであった。

「国元にいる殿からでござりまする」

家老天野の近臣から、書簡が手渡される。江戸藩邸でも、国元の難儀はむろん知れ渡っている。援助の依頼で八方の藩に声をかけようも、効を成さないでいた。

「――当藩も今、ほうほうの体《てい》でありましてな。他藩のことなどかまっていられないのが現状でして、悪く思わんでくだされ」

異口同音の言葉が返ってくる。いざとなったら冷たいものだと、世の儚《はかな》さを江戸詰め家臣一同は感じ取っていた。

どんなに財政困難に陥っても、江戸藩邸はそれなりの体裁を保たなくてはならない。その中でも、幕府への供出金は多大なものがあった。国元が災害に遭っていようが、民が飢えていようが、おかまいなしに金を要求してくる。

「——先だっての大嵐でな、江戸市中も多大の被害を受けた。鳥山藩でも復旧支援金として五百両を負担していただきたい」

先だって鳥山藩を襲った野分は、江戸でも大きな被害をおよぼした。とくに、江戸湾沿いや河川の周辺では人家が流され、まだ多くの人々が家を失い路頭に迷っている状況であった。

その援助の依頼が幕閣である大目付《おおめつけ》から言ってきている。いただきたいと丁重に来てはいるものの、半ば強制であった。理由を添えて断ることができるものの——。

「国元でも大変な被害に遭ったであろうが、財政逼迫はいずこの藩も同じこと。だが、お上にも温情があるぞ。貴藩に対しては災害での苦難を鑑《かんが》み、本来二千両の供出であるものを、五百両だけで留めておこうと……」

そこまで言われれば、「はい」と言わざるを得ない。しかし、今の鳥山藩ではその五百両ですら、すぐに用意できる余裕はなかった。

この供出金の算段に、家老天野は出入りの両替商、札差を駆け巡ってようやく掻き集めることができた。

執務をこなす御用部屋で天野は一人になると、忠介からの書簡を開いた。

「……大和芋を五百袋分、江戸で売りに出すのか」

読んでいても、天野の気分は晴れなかった。

うまい具合に一袋一両で売れたとしても、五百両。災害支援金と同額である。しかも、借りた金なので金利というものがつく。その分が、もち出しとなってくる。そんなことを思いながら、先を読む。

「……家臣一丸となって、商人に徹せよとか」

今どき頭を下げて、料亭に大和芋を売りに歩く侍《さむらい》がどこにおろう。

天野の脳裏に一抹《いちまつ》の不安がよぎった。

忠介が藩主に収まって以来、江戸家老の天野は会っていない。若様であったときの忠介しか知らないのである。

「……殿は、愚鈍なのであるまいか」

大和芋を売らなければならない経緯を、天野は知らずにふと口にした。いく分気鬱《きうつ》を抱えながら、さらに先を読む。

「……この大和芋が売れないと、大変なことになるだって？」

今、藩を救うものは大和芋しかないのだと切々と記されている。涎を垂らしてまで食したい大和芋を、ぐっと我慢し一口も箸をつけずに売りに出す、忠介の切ない思いも綴られている。

「……殿は、大和芋が大好きだからのう」

口の周りを真っ赤に腫らしてまでも食す、忠介の食いっぷりを思い出して、天野はふっと苦笑いを浮かべた。

ついては、大和芋を売りに歩く家臣で商才に長《た》けた者十人を選出しておけとの、命令の一文があって書簡の文章は終わっていた。読みはじめは一抹の不安を抱いていた天野であった。だが、読んでいくうちに徐々に引き込まれていき、読み終わったころには忠介の熱意が伝わったか、天野も大和芋に懸ける気になっていた。

「……商才に長けた者か」

家臣の面々を思い浮かべるも、みな太平の世にどっぷりと浸かった者たちばかりである。いざとなったら、その軟弱さのほうが先に瞼《まぶた》の裏に思い浮かぶ。

誰がよいかと頭の中で人選をするも、普段が家臣たちとの接触が少ない家老である。江戸藩邸に勤める家臣たちの、末端までは把握してはいない。ましてや、口を利いた者など皆無といってよかった。天野が顔と名を見知っているのは、せいぜい組頭までである。大和芋を売りに歩くにあたり、その人選は天野の手に負えるものではなかった。

家老の天野は、江戸留守居役の前田勘太夫《まえだかんだゆう》を呼んで相談をかけた。

「国元の殿が、大和芋を売りに出すとのう……」

前田が書簡の全文を読み終わると、折り畳みながら言った。

「どうだ、誰かおらぬか？」

十人の人選を、前田に委《ゆだ》ねる。

「大和芋を売ったとて焼け石に水というより、支援金の供出でできた借財を弁済しておしまいでございましょう。けっしてわが藩の、起死回生の策には到底ならんでありましょうな」

前田勘太夫の言葉は、家臣たちすべての気持ちを代弁しているようだ。あきらめの境地が先に立ち、やる気が失せていると天野は感じ取った。

「国元が絶滅の危機に瀕《ひん》しているとあらば、江戸藩邸がどうあがきましても知れたこと。現に、もうどこの藩も手のひらを返したように相手にしてはくれませぬ。幕府は小久保家を潰し、鳥山藩を天領にしようとしておるとの、もっぱらの噂。家臣たちはみな次の仕官先や、別の道を模索しておりますぞ」

——これほどまで、家臣たちの気持ちが廃退しているとは……。

知った自分がいかに愚鈍だったかを悟り、天野の気持ちは憂えをもった。

「しかし、殿の命《めい》であるぞ」

「どうせ家臣たちはみな、暇をもてあましております る。十人といわず、三十人でも五十人でも芋売りにもっていかれたらよろしいでしょう。家臣みんな商人に徹しろと言うのですからな」

江戸留守居役前田の、捨て鉢なもの言いであった。

「苦境を乗り切るために、心がまえをそうしろとのことだ」

家老の言葉を差し置いて、前田はさらに言う。

「わが藩の、どこに商才に長《た》けた家臣などおりましょう。みな、ボケーッとしておって藩の窮状など他人《ひと》ごとと思ってますからな」

役に立つ者など一人もいないと、前田は言葉を添えた。

ここは、藩が一丸とならねばいけないときである。しかし、江戸藩邸の 政《まつりごと》を司《つかさど》る重鎮の言葉は、そんな忠介の思いを打ち砕くものであった。

江戸定府《じょうふ》で、下野《しもつけ》の地に足を踏み入れたことのない前田では、忠介の思いなど通じるはずもない。しかも前田は、江戸にいたときの嫡男忠介を、夜遊びが好きな愚鈍な若殿とみてあまり覚えがよくない。

「まあ、殿が仰せとあらば、末端の家臣の中から適当に十人を選んでおけばよろしいのではございませんか」

「だが、わしは末端の者まで名と顔を知らぬでのう……」

選ぶのは無理だと、天野は首を振る。

「でしたら、勘定組頭の大場陣内《おおばじんない》に話をしたらよろしいでございましょう。今、ここに呼びますので、身共は御免つかまつりまする。これから、津軽《つがる》藩の留守居役と会わねばなりませんので、これにて……」

そそくさとした仕草で、前田は去っていく。いかにも、仕事をしていて忙しいのは自分だけだとの態度が露骨に表れていた。

六

しばらくして勘定組頭の大場が、天野の御用部屋へと顔を出した。

「前田様より呼ばれまして……」

家老から直《じか》に呼び出しを受けたことなど、今までにない。

「そこに、座れ」

訝しそうな顔をして、大場は天野と向かい合って正座をした。口を閉じていても、前歯が二本外にはみ出している。顔は痩せ面で、鼠《ねずみ》を髣髴《ほうふつ》させる面相《めんそう》であった。人相学的にいえば、几帳面《きちょうめん》で物事にこだわる慎重な性格とある。悪くいえば、小ずるそうで底意地が悪いということだ。

「何も聞いておらんか？」

「はあ……」

前田からは、用件を何一つ聞いていないらしい。

「ただ、ご家老様のところに行けと言われましたので。はい……」

同じ話を、また繰り返さなくてはならないのかと、天野はうんざりした心持ちにとられた。

「左様か。ならば……」

藩主からの書簡を見せればよいだろうと、何も言わずに大場に手渡した。

「これは……？」

読んで行くうちに、大場の顔色が変わっていく。

「殿からのものではございませぬか。それにしても、大和芋を売り歩くなどと尋常な沙汰ではございませぬな。こんなものを売ったとて、焼け石の水にもなりませんでしょう」

大場のもの言いも、先の前田と同じであった。赤くなった帳簿を見飽きている大場には、どんな手を打とうが感慨が湧かない。

「これ、殿がなされようとしているのを、そんな辛辣に言うでない」

「申しわけございませぬ」

大場が畳に手をついて詫びるのを、天野は冷ややかな目で見ていた。慢性的な藩の財政難は、勘定方がよく知っている。大場はその長であった。

「ですが、ご家老……」

前歯をせり出して、反論したげな大場のもの言いである。

「いくらなんでも、武士が大和芋を売りに歩くなどとは、いかがなものかと。わが藩の名折れになるのではないかと……」

「そんなことは、端《はな》から承知だ。今、藩は壊滅の危機であるのに、名折れもくそもない。それに、供出でこしらえた五百両の借財はどうするのだ？　短期で借りているのだぞ」

供出金五百両のことは、国元にいる忠介の耳には入っていない。災害で傷んだところへ、さらに追い討ちをさせないようにとの配慮であった。

江戸家老の天野は、その捻出を大和芋で賄おうと考えていた。

忠介のほうでは、五百両を種銭《たねせん》として大きく増やそうとしている。

ここに両者の食い違いがあった。

「左様でございました。ですが、商才に長けた家臣を見つけ出すとなりますと、これはなんとも……」

難しいことだと、大場の首が傾く。

「とりあえず、自由奔放に動ける家臣を十人抜擢《ばってき》しておきましょう」

自由奔放といえば聞こえがよいが、まったく仕事がなく一日をぶらぶらとして過ごす、駄目家臣たちのことを大場は見込んでいた。

「それで、大和芋の物《ブツ》はいつごろ届くのでございましょうか？」

「届く日が書簡には書いてないが、そんな悠長なことはしておられんだろう。間もなく届くものと思われる。人選は、早いところいたせよ」

「でしたら、今日中には……」

と言い残し、大場は勘定役の御用部屋へと戻っていった。

それから二刻ほど経って、再び大場が天野のいる御用部屋に顔を出した。

「ご家老、十人ほど選んでまいりました」

手には巻紙をもっている。そこに十名の名が書き連ねているのであろう。

「早かったな。それでは見せてもらおうか」

天野が手を出し、書き付けを求めた。

「みな、若い者ばかりでございまする」

「どれ……」

天野は巻紙を手にすると、さっそく開いて紙面に目を向けた。

「御庭番掃除役配下竹田平八《たけだへいはち》、台所賄方《まかないがた》小者秋山小次郎《あきやまこじろう》、御池鯉餌役《こいえさやく》番松尾《まつお》……」

十名の人選を一通り読み、天野はふーっと長いため息をついた。

「どれもこれも、よくぞここまで小者を選んできたものだな。御池鯉餌役番など、あることとさえ知らなんだ」

「池の魚に餌をやる番人でございまして……」

「そんなものは、女子供でもできるであろう。禄を遣わせるのも嘆かわしい」

「ですから、ここで重要な役を与えませんと……」

「なるほどな」

役にも立たぬ家臣を遊ばせておいては駄目だとの、大場の言い分には一理あると天野は小さくうなずいた。

「とくにこの者など、血反吐《ちへど》を吐くまでこき使ってくださいませ」

「誰だ……？」

「そこに、皆野千九郎《みなのせんくろう》という者がおります」

末端に書かれている名に、天野の目がいく。

「勘定方算盤 改《そろばんあらため》役とあるな。そちの配下であろう？」

「左様でございまする。この者、何をやらせても鈍く、とうてい勘定方の役には立ちません」

「ならば、なぜに在籍させてある？」

「どういう事情《わけ》ですか、前田様のおぼえがめでたく……」

「留守居役のことか？」

「左様です。まったくの能無しですが、前田様の手前罷免させることが叶いませぬ。そんなことで、気が利いた仕事を与えることもできずに、毎日算盤の勘定をさせております」

「ほう、算盤が弾《はじ》けるというのは頼もしい限りではないか」

「いえ、算盤を弾いての勘定ではなく、家にもって帰ってしまう不届き者がおりますので……」

算盤そのものの数を勘定していると、大場は言う。

「朝方出仕しまして、算盤の数を調べるとその日の仕事は終わりですからな、これほどの閑職《かんしょく》ってどこにあるでしょう？」

やりきれないといった様子で、大場はさらに言った。

「池の魚の餌やりと、どっこいだな。禄高はどれほどのものか知れんが、無駄な給金を払っているものだ」

「まったくもってでござりまする。そんな者にも、三十俵二人扶持《ぶち》を与えておるのですからな」

「三十俵二人扶持といえば、町奉行所の定町廻《じょうまちまわ》り同心《どうしん》と同じ禄であるな。片方は、日夜江戸の治安を守ろうと動き回り、片方は算盤の番か……」

　これでは天災に見舞われなくても、藩の財政は苦しくなるはずだと、天野は一つ舌打ちをして嘆いた。

「まったく、皆野みたいな男の面《つら》をみておりますと、無性に腹が立ちます。ですから役目が済むと、とっとと御用部屋から立ち退かせまする。そんなことで、このたびの、大和芋を売りに歩く者としてはうってつけでありましょう」

　皆野千九郎のほかに選んだ者は、みな似たりよったりだと大場は話を添えた。

「よし、大場の話は分かった。この十名を、大和芋売りに差し向けようぞ」

　天野は、この人選で妥協することにした。

「あとは、大和芋の到着を待つだけ……そうだ、この十人をここに呼べ」

「今すぐでありますか？」

「あたり前だ。すぐにやらなくて、いつやる？　藩の窮状というものをみっちりと教え込んで、心がまえを諭す」

　そのとき夕《ゆう》七ツを報せる鐘の音が、遠く浅草寺《せんそうじ》のほうから聞こえてきた。一日の勤めを終え、この時限下級武士は長屋門の一室にこもっているはずだ。

「すぐに行って、呼んでまいれ」

「はっ」

返事はよいものの、大場の動きは緩慢であった。動作に面倒くさいといった思いが表れている。

「何をしておる、早く行かぬか！」

天野の怒声ともとれる叱咤に、大場の動きが早くなった。

大場が出ていったあとである。天野はふと思うことがあった。

——皆野千九郎という者、なぜに留守居役のおぼえがよいのだ？

腕を組んで考えるものの、その関わりを知れるのはしばらく後のことであった。

やがて、三名の若い家臣が一緒になって、天野のいる御用部屋へと入ってきた。

初めて家老の天野と面と向かい合う。恐縮するか、すぐに若い家臣たちは畳に額をつけて平伏したまま顔を上げられずにいる。

「いいから、面《おもて》をあげい」

「はっ」

面を見ると、みな二十歳前後の下級武士であった。

「何か、ご用でござりましょうか？」

一人が、初めて家老に口を利いた。

「用があるから呼んだのだ。大場から、何も聞いておらんのか？」

「はい。ただ、ご家老のところに行けとだけ言われまして……」

十人そろわねば話にならぬと、天野は三人を待たせることにした。しかし、四半刻《しはんとき》経っても、誰も来ない。

「ほかの者たちはどうしたのだ？」

あとの七人の名を出し、天野が問うた。

「はあ、どこかに遊びにでも行ってますものと……」

「よく、遊ぶ金があるな？」

「はい。奢《おご》ってくれる者がおりますそうで」

「奢るだと？　わが藩に、そんな金持ちがいるのか」

「そうらしいです。ですが、身共たちはご相伴《しょうばん》に与《あずか》れず……」

悔恨こもる口調で若侍の一人が答えた。

「誰なんだ、その金持ちってのは？」

「はい。その十人の内に名がありました、勘定方におります皆野千九郎という者でありまして……」

あまり大きな口で言えぬか、一人が小声で答えた。

「なに、皆野千九郎がか？」

このとき天野の脳裏に、思い浮かぶことがあった。

——江戸留守居役の前田に、おぼえがめでたい男か……。

算盤の数を勘定しているだけの男。どんな家臣か、天野はすぐにも会いたくなって口にする。

「すぐに皆野を探し出して、連れてこい。そうだ、あと六人もだ」

天野から厳命が飛び、三人は御用部屋から駆け出していった。

七

相当に酒が入っているか、千九郎の顔は赤かった。

江戸の勤番となって、初めて家老の天野と対面をする。酔いがなければ色白で、利発そうな顔立ちである。武士というよりも、商人にさせたくなるような才が、口元の締まりに現れている。

賢そうに見えるところは、ズラリと並んだほかの九人と比較してみても歴然の差がある。

——若いが、しっかりとしていそうだ。

天野の、千九郎を見た第一印象であった。

——なぜにこの男が、勘定方の閑職に収まっているのか？

不思議に思えていたと同時に、千九郎の受け答えを聞きたくもあった。

「このたび呼んだのはだな……」

十人の若侍を前にして、天野は理由《わけ》を語った。

「間もなく届くであろう大和芋をだな、おまえたちが売り捌《さば》くわけだがこの任務は重要である。なんせ、藩主忠介様の発案であり藩の浮沈に関わることであるからな、心してかかるように」

天野が一通り語り終えると、場は一瞬の沈黙をもった。みな、一様に困惑気味の表情である。

「いかがした？」

十人の顔を、順繰《じゅんぐ》りに見ながら天野が問うた。

「はあ。そんな重要なことに、なぜに身共が選ばれたのか……？」

分からないと、御庭番掃除役配下竹田平八が問うた。

用なしで、無駄な禄を食《は》んでいるとは天野も言えない。そこで、逆に問うことにした。

「なぜであると思うか、それぞれが己の頭で考えてみよ」

なぜだろう、どうしてなんだと場にざわめきが起こった。

「御池鯉餌役番の松尾とか申したな。そちが答えよ」

十人の中でも一際《ひときわ》愚鈍と見える男を、天野は名指しした。

「はあ、なぜでございましょうか……」

やはり、気の利いた答えは松尾からは出てこなかった。

「台所賄方小者である秋山はいかが思う？」

「左様でございますなあ、それは身共たちが暇な部署に配属されているからと思われまする」

「身共も、そう思いまする」

答が出なかった松尾の、大きなうなずきがあった。

「ほかの者はどう思うか」

順繰りに問うて回るも、九人の答はみな右に同じと言えるもので、自らの意を語るものはなかった。

「皆野千九郎は、どう思う？」

　天野は、一番最後を千九郎に残した。どんな答が出るのかが、楽しみであったからだ。

「はい、おれ……いや、身共も右と同じでございます」

　千九郎の、平凡な答に天野は失望する思いであったとともに、得心《とくしん》もしている。答
が間違ってはいなかったからだ。

「それでは、もう一つ問う。大和芋をどうすれば早く、そして確実に売ることができ
るか？　その答を順番に答えよ」

　どうせまともな答は出てこないだろうと、天野はさほど期待していない。だが、一
人千九郎の答だけは聞きたい思いでいた。

「松喰虫《まつくいむし》退治役の村井小次郎《むらいこじろう》は、どのように考える？」

　いきなり名指しされ、村井の戸惑いの表情であった。

「はあ、その前に大和芋ってなんなんでございましょうか？」

「おぬし、大和芋も知らんのか？」

「はい。芋というからには食いものでありましょうが、どんなものかまでは……」

分からないと、村井は首を振る。それにつられ、同様に首を振った者が数人いた。

とことん用をなさない連中だと家老の天野は閉口《へいこう》するも、仕方なくも思った。

——下級武士がそうそう食せるものではないほど、馴染みが薄いものであるからのう。

ならば、大和芋そのものから説かなくてはならない。

「大和芋というのはだな、手の形をしていてそこに毛がちょろちょろ生え……」

片手を広げながら説いてる最中で、天野は言葉を止めた。馬鹿馬鹿しく思えたからだ。

「まあ、届いてみたら分かる。それで、算盤勘定役の皆野はどう思う？」

ほかの九人に訊いても、ときを無駄に過ごすだけだと天野は問いを千九郎に向けた。この答いかんで、なぜ江戸留守居役の前田の覚えがよいのか、分かる気がすると思ったからだ。

「さあ、急に言われましてもすぐにはよい案は浮かぶものではございません」

薄笑いを浮かべるその顔に、自信みたいなものがほとばしっていると天野は感じ取っていた。

「ですが……」

千九郎が一膝乗り出して、つづきを語ろうとする。

「ほう、何か思いついたことでもあるのか？」

天野の、期待がこもった目が千九郎に向いた。

「身共が考えまするに……」

千九郎の口が止まったのは、襖の外から声がかかったからだ。

「ご家老……」

「今大事な話をしているところだ。何用である？　いいから入れ」

「はっ、ただ今藩邸前に荷が届いているとの、門番からの報せでありまする」

「荷だと……？」

「馬が牽《ひ》く大きな荷車に、なんですか頭陀袋が山になって……そこに五名ほど商人らしき男がついているそうです。門番は帰れと追い払ったのですが、家老を呼び出せとの高飛車《たかびしゃ》なもの言いだそうで……」

「まさか……」

高飛車なもの言いと聞いて、天野はすっくと立ち上がった。

「おい。門を開け、荷車を屋敷の中に入れろ。ぐずぐずするな、すぐにだぞ」

厳命が、天野から下った。

本殿の玄関先に、でんと荷車が二台横づけされている。

一台の荷車は、二頭の馬で牽かれていた。馬の馬銜《はみ》を取ってきた人夫は四人、前庭に植わる庭木の横で平伏をしている。

「今、ご家老がまいる。そこに座って控えておれ」

玄関先につっ立つ五人の男に向けて、天野の命《めい》を受けた家臣が居丈高《いたけだか》に言った。

月代《さかやき》がきれいに剃《そ》られ、武士特有の銀杏髷《いちょうまげ》であるものの身なりは小袖を着流し、前掛けを垂らした商人姿である。三十里におよぶ長い道のりであったが、疲労のあとはみられない。疲れていそうなのは馬の轡《くつわ》を取る人夫と、荷車を牽いてきた馬である。荷車に乗っての、楽な旅であったらしい。

その内の一人が、藩主小久保忠介であるというのをこの時限で知る者はいない。門番に追い払われても、忠介は身分を明かそうとはしなかった。絶対秘密の、お忍びであったからだ。

「――そんな荷物は用はなさぬ。とっととここから立ち去れい」

門前払いを食わされるものの、むろん忠介が引くわけがない。

「江戸家老に取次ぎを頼もう」

忠介はうしろに控え、商人の形《なり》をした付き人が前に立ち、端《はな》のうちはおとなしく出た。しかし、門番の首は横に振られるだけだ。

「江戸家老だと？　そんな商人ごときが会えるお人ではない。いいから、失せろ。行かぬとなら、これでぶっ叩くぞ」

六尺の寄棒《よりぼう》を振り回し、門番二人が威嚇する。

「……仕方ねえな」

うしろに控えていた忠介が、前に回った。

「家老の天野をすぐに呼んできな」

「天野だって……いったい、誰なんだ？」

家老を呼び捨てにする不届き者と思ったものの、その立ち振る舞いは妙に落ち着いている。その仕草に恐れをなしたか、門番二人は足を一歩引かせた。

「誰だと訊かれて答えたいが、それができないのがつらいところだ」

「ちょっとまっておれ、今呼んでまいる」

門前で、そんなやり取りがあった。

玄関先で、土下座して忠介たちは家老天野が出てくるのを待った。

やがて、ドヤドヤとした足音が廊下を伝って聞こえてきた。家老天野が表玄関へと姿を現す。むろん天野は、忠介の顔を見知っている。しかし、藩主となってから忠介はすぐにお国入りしたため、天野は藩主としての力量を知らない。

「……殿」

外で土下座をしている忠介を見て、天野は絶句する。

――そんな恰好までされて……。

愚鈍なのではあるまいかと、天野は嘆かわしいといった表情となった。

「殿、いかが……」

なされましたと訊こうとして、天野の口が止まった。忠介の首が横に振られたからだ。身分を明かすなとの合図である。その仕草で、天野は事情《わけ》を悟った。

「この荷を、裏庭に回しておけ。あとの者は下がってよし」

傍《そば》にいた家臣を遠ざけたあと、天野は地べたに座る忠介に近づいた。

「殿が直々《じきじき》、荷を運んできたのでござりまするか？」

「そうだ。おれがやらんで、誰がやる」

「さあ、お立ちくだされ。殿がお忍びで江戸に来たのは分かりました。奥で、話を聞きましょう」

忠介が立ち上がると、控えている四人も同時に立ち上がった。

第二章　大和芋は命綱

一

商人の形《なり》をした忠介が上座に座り、天野が下座に座る。

家老が執務をする、御用部屋での二人だけでの面談であった。

「相当お国のほうは……」

「壊滅的な状況だ。立て直そうにも、なんせ金がねえ」

「申しわけございませぬ」

天野が畳に手をつき、詫《わ》びを言った。そこに、含みがあったからだ。

「何も、謝《あやま》ることはねえぜ。江戸のほうだって、大変だろうからな。おれからの、書簡は読んだか？」

「はっ、すでに十人を選んでおりまする」

「そうかい、手を煩《わずら》わせてすまなかったな。それで、その者たちってのはどうなんだい？」

「どうなんだいと申しますのは……」

「仕事ができるかどうかってことだ」

忠介の睨みつけるようなつっこみに、天野の言葉が詰まった。今すぐにでも、引き合わせなくてはならない者たちである。さすれば愚鈍であることが、すぐに判明《ばれ》てしまう。隠し果《おお》せることではないと、天野は肚を据えてかかることにした。

「それが……」

いざ、言おうとするとやはりためらいが先に立つ。

「それがってのは？」

「それが、あまり優秀な者たちでございませんで……」

天野は人選をした書き付けを、懐から出した。忠介はざっと目を通す。

「よりによって、ずいぶんと暇そうな者たちを選んだな。ちょっとまともに思えるのは、この勘定方算盤改役の皆野千九郎って者だけだ。ずいぶんと、勘定に長《た》けてそうだな」

「それがです……」

天野は、千九郎の仕事内容を説いた。

「なんだい、そんな仕事ってあるのか？」

「申しわけ、ございませぬ。なんせ、役に立たない穀潰《ごくつぶ》しばかりを選んでしまいました。これから人選を改めますので、どうぞご容赦を」

「いや、そんな暇はねえ。いいからその暇って奴らを、これから集めな」

「でしたら、別間に控えさせております。それにしても、荷の到着がお早かったですな」

「ああ、二日の間ずっと駆けどおしで、疲れた」

「それは大変でございましたな。執務は明日にして、きょうはゆっくりと……」

お休みなさいませと、勧めるも忠介は大きく首を振った。

「とんでもねえ。国元では家臣と民が飢えを凌《しの》いでるんだ。いっときも早く荷を処分して、その金をもって帰らなくちゃならねえ。そんな、悠長なことを言ってられねえんだよ」

忠介の語りに、天野の気持ちは鉛《なまり》を抱いたかのように重くなった。大和芋が五百両に変わったら、それで借財の清算をしなくてはならないと踏んでいたからだ。天秤を背負わされ、天野は返事に窮《きゅう》した。

「どうした？　何か憂いごとでもあるようだな」

「いえ、なんでもございませぬ」

今江戸藩邸の事情を話したら、どんな判断が下るか分からない。ただ、いずれにしても、その気になって大和芋を売りに歩く意気込みだけは摘み取ってはならない。借財のことは、あとで話そうと天野は心に押し留めておくことにした。

江戸藩邸で選出された十人と、国元から連れてきた家臣四人が一堂に呼ばれた。生まれて初めて藩主の前に出て、選抜組十人が畳の上で這いつくばっている。

「いいから遠慮しねえで、顔を上げろ」

――おや？

それまで顔を伏せていた千九郎の、首を傾《かし》げる仕草があった。殿様らしからぬ口調であったからだ。もっとも、殿様と直《じか》に接したことのない千九郎にとって、本来はどんな言葉であるのかは知れない。忠介の言葉には、町の無頼《ぶらい》が使うような響きがあった。

顔を上げると、上座に町人の形《なり》をした藩主が座っている。またも、千九郎はおやという思いにとらわれた。

「どいつもこいつも、役に立ちそうな面《つら》をしてねえな。思ってたとおりだぜ」

苦笑いが、忠介の顔に浮かぶ。

「申しわけございませぬ」

頭を下げたのは、家老の天野であった。

「謝ることはねえと言ってるじゃねえか」

言いながら忠介は、再度十人の顔を順繰りに見回した。一人ぐらいは使えそうなのが、と思ったところで、顔の動きが止まった。

「……どこかで見たことのある面だな」

誰の耳にも入らぬほどの呟きを、忠介は漏らした。その顔が千九郎に向いている。千九郎のほうも、口を結んで忠介を凝視している。上座と下座の真ん中で、視線がぶつかり合った。

――あの面構えは、とうてい算盤を数えているような玉じゃねえ。

千九郎の中に、何かあるものと忠介はこのとき見抜いた。だが、どこで見かけたかまでは思い出すことができない。

――どこで見かけたっけ？

藩主の顔を見ながら、首を傾げるわけにはいかない。千九郎は前を見据えたまま、黙って思いやった。

「おまえ、皆野千九郎とかいったな。どこかで会ったことがなかったっけ？」

直《じか》に忠介が千九郎に問うた。これに驚いたのは、天野であった。

「殿、皆野をご存じで？」

「いや。ただ、どこかで見かけたことがあると言っただけだ。ご存じというほどのことはねえが、千九郎はおれのことを知っているか？」

「いえ、身共のほうはお会いしたことはないと……」

千九郎は、気持ちの奥を隠して言った。

「そうか」

忠介の返しで、千九郎との直の話はここまでとなった。

付き人の一人である、国元の勘定方に属す与田平太郎《よだへいたろう》が口にする。

「拙者のほうから話をいたす。すでに、江戸元のご家老から聞きおよんでおろうが、今裏庭に大和芋がうず高く積まれている。そもそも大和芋というのは産地が限られ、しかも栽培が難しい。上野《こうずけ》の一部でしか穫れないと思っていたものに目をつけ、わが殿は畑を開拓し……」

「おい、能書きはいいから用件だけをトントントンと話しな」

「はっ」

忠介からたしなめられた与田は、小さくうなずき話を進める。

「このたびの、思いもよらぬ野分の被害によって……」

「そのあたりのことは、話を済ませておるからその先を」

天野からも話の先を急かされる。

「となると……」

と言ったまま、与田は言葉に詰まった。

「与田はいいから、うしろに下がっていな」

「はっ」

与田を下がらせ、忠介はいく分前かがみとなった。

「要は、今すぐもってきた大和芋をなるべく高値で売ってこいってことだ。どうだ、おまえらにできるか？」

千九郎以外は、みな首を傾げ自信のない素振りであった。

「できねえってんなら仕方がねえ」

尻込みをするような家臣の態度に、忠介の口調はさらに荒くなった。眼光鋭く下座を見据える。

藩主から、どんな言葉が飛び出すのだろうと、選ばれし家臣たちは恐々としている。一人だけ、動ぜずに聞いているのは千九郎だけであった。

「あしたからおまえらみんな、ちょん髷《まげ》を切って坊主になれ。そしてだ、このたびの野分で死んでいった国元のお百姓たちの供養をしろ。池の鯉に餌をやるだの、庭で塵を掃いているだけの仕事で、のうのうと禄が食《は》めるのは誰のおかげだと思ってやがる」

忠介の、殿様らしからぬ啖呵《たんか》に、一同顔を上げられずにいる。

――これは、愚鈍ではなく、もしや名君？

家老の天野も頭を下げ、忠介の話に聞き入った。

さらに、忠介の啖呵はつづく。

「ここにもってきた大和芋は、災害にめげず藩を救うために生き残った根性芋だ。これからてめえらに、そのとろろ汁を飲ませてやる。大和芋の、爪《つめ》の垢《あか》でも煎《せん》じたと思って肚を据えて飲みやがれ」

「ははぁー」

忠介以外、場にいる全員が畳に額《ひたい》をつけ深く拝した。

顔を伏せながら千九郎は思っていた。

——咳呵の声は、どこかで聞いたことがある。

「……どこだったっけかな？」

声だけでは、千九郎は思い出せないでいた。

「まあ、いいから面を上げな」

咳呵とはうって変わった柔軟なもの言いに、全員の顔が上がった。

「……おや？」

すると、今度は忠介の首が傾《かし》ぐ。

「……面つきが変わってやがる」

千九郎は元よりである。ほかの九人の顔が、頭を下げる前とは、忠介にははっきりと違って見えた。

「どうだい、少しはやる気になったか？」

「はっ」

選ばれし十人の頭が一斉に下がった。

「命に賭《と》しても、売ってまいりまする」

口にしたのは、御池鯉餌役番の松尾であった。千九郎は、口をへの字に結び一人思案に耽っていた。頭の中は、いかして売りに出すかということに絞られている。

「よくぞ申した、松尾」

褒めたのは、家老の天野であった。今まで家老から、いや上司からも褒められたことは一度もない松尾であった。

「恐縮でございまする」

「ほかの者はどうだ？」

「松尾どのと、同じでござりまする」

「同じです」

「同じです」

決意の言葉がつづき、千九郎の番となった。

「皆野はいかがである？」

千九郎の答を聞こうと、忠介と天野の耳が向いた。

二

しばし考え、千九郎が口にする。

「殿にお訊きしてよろしいでございましょうか？」

「これ、無礼であるぞ」

たしなめたのは、江戸家老の天野であった。

「かまわぬ。ところでよいか、天野……」

忠介の顔が天野に向いた。

「はっ」

「おれは、これからは殿様じゃねえ、商人の主《あるじ》の心がまえでいく。のほほんと殿様で収まっていても、藩民はめしを食えねえからな。殿様であるのは、千代田のお城に登城するときだけだと心得ておいてくれ」

かしこまりましたと、天野が平伏する。

「それで、何を訊きてえってんだ？」

忠介の顔が、天野から千九郎に向いた。

「殿は……」

「ちょっと待て、千九郎」

千九郎の話を、忠介が止めた。

「商人になるからには、徹底をしなくちゃいけねえ。これからは、おれのことを主人《しゅじん》とか大旦那《おおだんな》といって呼びな」

「でしたら殿……いや、大旦那様。その伝法な言葉も改めなくてはならないのでは……？」

「なるほど、千九郎の言うとおりだ。商人は、自分のことをたしか手前《てまえ》とか言っておったな」

「御意《ぎょい》！」

天野が相槌《あいづち》を打った。

「おい、御意もいけねえぜ……いや、いけませんぞ」

「はっ、かしこまりました」

それから四半刻ほどして、麦飯と大和芋を擂《す》り下ろしたとろろ汁が運ばれてきた。場にいる全員に、配膳される。

ツルツルと、めしをかっ込む音が部屋の中を支配する。

「ああ、うまかった。もっと食いてえけど売りもんがなくなっちゃうんでな、一膳だけとしておくか」

食い足りないといった感じで、忠介が箸をおいた。そうなると、あとの者は「おかわり」とは言えない。藩主、いや主人に倣《なら》って箸《はし》をおく。

「どうだ、うまいものであろう？」

「はい。こんなうまいもの、生まれて初めて食しました。これは売れると思います」

松喰虫退治役の村井小次郎が、口の周りを拭きながら答えた。

「口の周りが痒くなる難があるがな、それもまた食材のもつ妙というものだ。どうだ、食ってみて分かったか」

「はい」

満足したか、一同の大きなうなずきがあった。

「さてと……」

試食を済ませ、話は売り込みの策へと入っていく。

「ものを売るからには、まずは屋号を決めなくてはなりませんな」

家老天野からの提案であった。

「屋号を決める前に役どころだが、ここでは天野を大番頭としようではないか」

「大番頭などと。身共は藩の政務に毎日が追われ……」

商いのほうは手に負えないと、天野は手を振って拒んだ。

「とりあえず形だけのものだ。商いってのは、まず形から入らなんとな。そうだ、どこかに大店《おおだな》が退去した、しもた屋はないか？」

「はっ。明日になりましたら、誰かに探させますする」

「それと、売り上げが盗まれんように金庫が必要となるな」

「はっ。賊の盗難に遭わぬよう、頑丈なものを購入しましょうぞ」

忠介の話にすぐに反応するところは、天野も大番頭としてまんざらではなさそうだ。

「背中に屋号を染め抜いた、半纏《はんてん》も作らんとな……」

「そうなりますと、屋号を表す商標を先に決めないといかんですな」

「商標ってのは、代紋《だいもん》ってことか？」

「そんなものでございまする」

「あれは水引《みずひ》き暖簾《のれん》てのか？　店の庇《ひさし》の下にたっぱ三尺ほどの、ビラビラがぶら下がっているが……」

「そう申しますな」

「そいつに、代紋を染め抜いてだな……」

「屋根にも金看板を載せんといけませんな」

藩主と家老の掛け合いであった。

「ちょっと、よろしいでしょうか？」

それまで黙って二人の話を聞いていた千九郎が口を挟んだ。

「なんだ？　今、大旦那様と大事な話をしておるというのに」

余計な口出しはするなと、天野の叱咤《しった》が飛んだ。

「申しわけございません。ところで、大旦那様と大番頭さんの話を聞いておりますと、商いを興《おこ》す上でとても危ういものの考えかと……」

「危ういとは、どういうことだ？」

忠介が千九郎に問うた。

「もの一つ売る前に、形から入って潰《つぶ》れた店がいかに多いことか。まあ、屋号を決めるのはよろしいとしても、金庫が必要だとか暖簾を下げるとか金看板を掲げるなんてのは、二の次三の次のこと。そんなものは、儲けが出てからでも……お遊びのような、そんな甘い考えでは商いなんて、到底叶いませんぞ」

真っ向から扱《こ》き下《お》ろされて忠介と天野の、仰天する顔が千九郎に向いた。

「何を申すか！」

怒りを発したのは、家老の天野。

「よくぞ、申した！」

褒め称えたのは、藩主の忠介であった。

「要は、大和芋をいかに早く売り捌き、いかに高く売るかでございましょう。となれば、主人も大番頭もへったくれもありません。そんな、形だけのわずらわしいことはやめたらいかがかと。やはり、殿は殿。ご家老はご家老様です。今宵は、ただひたすらその方策を練るだけに費やされて然るべきです」

千九郎の説き伏せに、大きくうなずいたのは忠介であった。

「まったくもって、千九郎の言うことは然《しか》りだ。もう、余計なことは考えねえことにするぜ」

千九郎にたしなめられた忠介は、心の内に感ずるものがあった。

――こいつにひとつ、任せてみるか。

話は遠回りしながら、深夜にもおよぶ。

日付けが変わる、夜九ツを報せる鐘が鳴って久しい。中には居眠りをする者まで出てきた。話し声より、鼾《いびき》のほうが勝ってきている。

「寝たい者は、寝させておけばよい。だが、鼾がうるそうて話にならんから、隣の部屋へと移せ」

一人減り二人減りして、とうとう残ったのは三人だけとなった。

家老の天野は藩主の手前、起きていなくてはならないと無理をしているようだ。

「なかなか妙案というのは、思いつかぬものだな」

「そんな、簡単に思い浮かぶものでしたら、誰も苦労はしないものと……」

もっぱら話をしているのは、忠介と千九郎だけとなった。天野は傍らで舟を漕ぎはじめている。

「ところで千九郎……」

「はっ」

藩主の忠介と二人だけの状況となり、千九郎は畳に両手をついてかしこまった。

「おれと二人になったら、そんなへりくだった恰好はしねえでいいぞ」

商人言葉は話しづらいと、忠介は口調を慣れたものに戻した。

「えっ？」

意味が分からず、千九郎は訝《いぶか》しげな顔を向けた。

「千九郎はいくつになった？」

「二十二であります」

「若くて、いいなあ。ところでおめえ、家老の天野や上役である大場陣内に隠していることがあるな？」

「隠していることと申しますのは？」

「猫を被《かぶ》ってるってことだ。なんのつもりか知らねえが、本性だけはおれに見せときな」

「…………」

千九郎の顔が、居眠りをはじめている天野に向いた。

「話したところで、聞こえちゃいねえよ。咎《とが》めはしねえから言ってみな」

「殿は、どうしてそんなことを？」

「初めて面を見たときから、どこかで会ったような気がしてたんだが、ようやく思い出したぜ。おめえ、夜な夜な浅草《あさくさ》界隈をぶらついてなかったか？」

「と言うことは、殿もぶらついていたってことですね。あっ、そうか。どうりで見かけたことがあると思いました」

「おれは藩主になってからは国元にいたんでな、浅草あたりで忍んでいたのはまだ跡取りのときだった。そうか、やっぱりあれは千九郎だったのか」

懐かしい者でも見るような目つきで、千九郎を見やった。

「奥山の居酒屋で見かけたことがあるが、おめえ酒も呑まねえでぶらぶらしてたけど、いったい何をしてやがった？」

「はい……」

千九郎の声は、にわかに小声となった。誰も、聞いてないとはいえやはり気になる。

「お咎めは、ございませんですね？　話したあと、叱られるのはいやですから」

この藩主なら打ち明けてもよいと思うも、千九郎は念を押す。

「二言《にごん》はねえよ。早く話しな」

「手前は、他人様《ひとさま》が求めていることを探してやるのを商いとしてまして……」

「他人が求めていること……？」

「一言でいえば、つなぎ屋ってことですな」

「つなぎ屋だと。そんなのは、口入屋《くちいれや》ってのがあるじゃねえか。いったい儲かるのか、そんなことをしていて？」

「口入屋ってのは、奉公人を斡旋したり人足を集めたりで表立って看板を掲げられる稼業であります。ですが、身共がやっているのは……」

千九郎の声音が陰にこもり、忠介の体は話を聞き逃すまいと前のめりになった。

「大きな声では言えませんが……」

と言ったそのとき、ドスンとものが倒れる音がして、千九郎の言葉が止まった。

座りながら舟を漕いでいた天野の体が、畳床へと倒れた音であった。

三

「気にしねえでいいから、先をつづけな」

天野の鼾が気になるも、起こすと厄介である。そのままにして、忠介は語りを促した。

「例えばです……」

「うん、例えば……？」

「仕事の斡旋ばかりでなくて、ここに金を借りたい人がいれば、別のところに金を貸したい人がいる……」

「そんなのは、両替商ってのがあるじゃねえか」

「話は最後まで聞いてくださいな」

いちいち口を出す忠介を、千九郎は諫《いさ》めた。

「すまねえ……」

こんなことにも頭を下げる藩主に、千九郎は好感をもっている。

「ここに女を求めたい男がいれば、別のところに男を求めたい女がいる」

「話が生臭くなってきやがったな。それで……？」

忠介の体はさらにせり出し、千九郎との間合いは半間《はんげん》ほどとなっていた。両者の頭はくっつくほどとなっている。

「それとです……」

千九郎の声音は、さらに落ちた。言い出しづらいか、話に間合いができた。忠介は黙って千九郎の言葉を待った。そしてようやく、千九郎の口が開く。

「ここに、殺しを頼みたいと思っている人がいれば、別のところに人殺しを生業《なりわい》としている者がいる」

「人殺しまでか……？」

「そうです。他人と他人の合い間に立って、それらを結びつけてあげるという、元締め稼業です。けっこう、依頼人が多くて忙しい……」

「それって、儲かるのか？」

「はい、かなり。とくに殺しの斡旋は、数十両の単位で転がり込んできます」

「だが、お上《かみ》に見つかったら……」

ここまで話が到れば、ひそひそ話よりさらに声音が落ちた。頭をつき合わせねば、聞こえぬほどの小声となった。

「むろん、首はなくなるでしょう。ですから、もう足を洗おうと考えていたところです。しこたま、儲けましたし……」

「そんなことを、一人でやっていたのか？」

「無論です。自分で考えた案ですから、他人に教えるようなことはいたしません。それと、すべては極秘の依頼ですから自分一人の胸にしまっておきます」

「算盤の、勘定だけさせておくには惜しい男だな」

「滅相もない、そんな閑職に就けたからこそ裏の稼業ができたのです」

「よくも藩主の前で言えるなあ、そんなことを」

「はい、話せといわれたものですから」

「なるほどなあ。ところで、千九郎……」

　忠介の体は起き上がり、声音もいく分大きくなった。

「はっ」

「藩の窮状は知っておるよな」

「無論。いく度も聞かされておりますし、気に病んでいたところです」

　またもつらい話を聞かされるのかと、千九郎の気持ちは一歩引いた。

「だったら千九郎の才覚を、藩のために役立たせてくれんか？」

「身共に、才覚なんてものは……」

それは買い被りだと、千九郎は首を振った。

「いや、ある。おれが見込んだのだから、間違いはねえ。現に、裏の稼業で大儲けしてるじゃねえか。そこでだ、今度の大和芋のことは、おめえに任せようと思っている。先刻、そんな思いも浮かんだが、話を聞いていてまったくもってその気になった」

忠介は、これでもかとばかり千九郎を説き伏せる。だが、千九郎の首は縦に振られず、横に動くだけだ。

「どうしたい、駄目だってのか？」

「いえ、駄目だってことではなく……」

言いながら千九郎の目は宙をとらえている。何かを考えているときの、千九郎の癖であった。

千九郎の、次の言葉が出るまで忠介は黙って待った。

「やはり……」

宙を見据えていた千九郎の目が、畳に落ちた。顔をしかめるところは、期待のもてる表情ではない。

「大和芋は売れないとでも言うのか？」

痺れを切らし、忠介のほうが口にする。

「ええ……はい」

千九郎の返事に、忠介の目が吊り上がった。やってもいない前から、無理だという返事は聞きたくないとの気持ちが表情に込もる。

「どうにもならんか？」

「それを今、思案しているところです」

考える頭を、天野の鼾が邪魔をする。それを気にして、千九郎の顔が家老に向いた。

そして、口にする。

「殿は、大和芋でどれほどの売りを見込んでおられますか？」

「五百両とみてる」

「……五百両ですか」

首を傾げながら呟き、千九郎はまたも思案の表情となった。

「一袋一両として、五百袋ある。それをだな……」

宙を見据える千九郎に、忠介が話しかけた。

「料亭とか、煮売り茶屋などに卸すというのですか？」

「そうだ。あしたから、千九郎が中心となってそれを……」

「できませんな」

やってくれとまで言わせず、忠介の言葉を途中で遮《さえぎ》り、千九郎は毅然とした態度で言った。

「なに、できねえだと？　このおれが、頭を下げてまで頼んでるってのにか！」

忠介の怒声は、寝ている者の耳に入った。

「殿、何かございましたので？」

畳の上で横になっていた天野が、身を起こしながら言った。

「申しわけござりませぬ。どうやら、眠ってしまったようで……」

「かまわねえから、そのまま寝てろ」

「いや、そうもなりませぬ。大事な話に、身共も加わりませんと」

藩主が不機嫌なのは、家老の自分が居眠りをしていたからだと天野はとった。

「それで、話はどこまで進んだ？」

傍《かたわ》らに座る千九郎に、天野が問うた。

「大和芋は、売ることができないと……」

千九郎は、そのままを伝えた。

「なんだと、売れないとか！」

天野の怒声は、隣部屋で寝ていた者まで起こす。売れなければ借財はどうなるとの思いが、声にこもっていた。

「何ごとか、ありましたので？」

襖《ふすま》が開くと、寝ぼけ眼《まなこ》の家臣たちがぞろぞろと入ってきた。そんな面々を見て、忠介の意気は消沈する。

「おれは、寝るぞ。千九郎、話は朝になったら聞く」

と言って、忠介は立ち上がった。

「はっ……」

千九郎は、忠介に向けて小さくうなずいた。

「拙者らも、寝るぞ。朝までに、大和芋を売る策を銘々考えておくこと」

忠介がいなくなったあと、天野が家臣たちに命じた。

「はっ」

蒲団《ふとん》は別間に敷いてあると、一同そっちに移る。部屋に残ったのは、千九郎一人であった。

千九郎は両手を枕にして寝転ぶと、薄暗い天井を見据えた。

「……どうやって、大和芋を捌こうか？」

百目蠟燭《ろうそく》が燃える、ジリジリとした音が思考する耳に騒がしい。良案が浮かばぬうちに、千九郎は深い眠りへと落ちた。

どれほど寝たか――。

「おい千九郎、起きろ」

「あっ、殿……」

忠介の声で目を覚ました千九郎は、慌てて起き上がると体の節々が痛んだ。ぼやけた頭の中にしこりがある。畳の上でごろ寝した代償であった。

耳に、鳥のさえずる声が聞こえてくる。夜はまだ、完全に明けきってはいないようだ。ただ、百目蠟燭の減り方が、ときの経過をもの語っている。

しわくちゃになった羽織と袴《はかま》を正しながら、千九郎は上座に座る忠介に向いた。

「起こしてすまなかったな」

「いえ。寝まいとしてましたのが、うっかりと……」

「寝ずに考えていても、良案は浮かばねえだろ。ところで、夜中のつづきだが……奴らが起きてくる前に話そうと思ってな」

「できねえとまでで話が終わったが、その理由《わけ》ってのを聞かせちゃくれねえかい」

まだ寝ぼけから覚めぬ千九郎にとって、難しい問い立てであった。

とくに千九郎は寝起きに弱い。頭が回転するまで、まだしばらくときがかかりそうだ。

「はあ」

生返事が口をつく。

「はあって、どうも覇気がねえな。きのうの勢いは、どしたい？」

「申しわけありませぬ。どうも、寝起きに弱いものでして」

「そうか。だったら、おめえの寝ぼけ眼が覚めるようなことを聞かせてやるぜ」

「目が覚めること……？」

「ああ、そうだ」

「どんなことで、ございましょう？」

藩主の話が気になったか、千九郎の寝ぼけ眼がパッチリと見開いた。

「どうだ、目が覚めたか？」

「どうやら殿に、一杯食わせられましたな」

「左様でしたか……」

忠介の策に嵌《はま》ったと、千九郎は苦笑いを見せた。

「一杯食わせたわけじゃねえ、本当の話だ。これから千九郎を、おれの右腕とする。いわゆる、軍師ってことだな」

「軍師……ですか？」

「ああ、そうだ。おれは、藩が立ち直りをみせるまで、殿様と商店の主の二役をこなすことにする。殿様なんてのは馬鹿でもできるが、商人となるとそうはいかねえ。そっちのほうの軍師になってくれってことだ。大番頭には、千九郎になってもらいてえんだ。どうだ、やっちゃくれねえか？」

三度も、殿様から頭を下げられては断ることもできない。

「かしこまりました。謹んで、お受けいたしましょう」

隣国である清国《しんこく》の故事に倣《なら》い『三顧《さんこ》の礼』でもって、忠介は千九郎を迎え入れたのであった。

四

夜明けが近い。

「奴らが起きてくる前に、話をすませようぜ」

「分かりました」

「どうして、千九郎はあのとき『できませんな』って言ったんだ？」

忠介の問いに少し間を置き、千九郎が答える。

「売ってみれば、分かります」

落ち着いた声であった。

「それじゃ、答になってねえぞ」

「ならば、言いましょう。とろろ汁が、あまりにもうまかったからです」

「うまかったからだと？　千九郎の言ってることは、さっぱり分からねえな」

禅問答のような成り行きに、ますます忠介の首が横に傾いだ。

「なんでうまいと売れねえのだ。まずくて売れねえってのなら、分かるけどな」

「とにかく、そのまま料理屋や居酒屋なんかに売りに行っても半分、いや十分の一も売れんでしょう。それと、売りに歩くその手間たるや……」

「分かった。ならば、どのように売れば大和芋は捌ける？」

「売るのではありません」

「売るのじゃねえのか？」

「はい」

千九郎の大きくうなずく返事に、ますます忠介の頭の中が混乱をきたす。

「……売らねえで、どうやって金にするのだ？」

呟く忠介の声は、自分に問うているようでもあった。

「それはですね……」

忠介の呟きに、千九郎が答えようとしたところで襖の外から声がかかった。

「殿、こちらにおいでで……？」

「ああ、天野か。あんたはいつもいいところで声をかけてくるな。いいから入れ」

襖が開き、天野が御座の間へと入ってくる。

「どうしたんだい、その形《なり》は？」

裃《かみしも》、袴を脱ぎ捨て、天野は千本縞《せんぼんじま》の小袖を着ている。商人を意識した姿であった。

「大番頭となりますからには、手前も……」

「その心配ならいらねえぜ。大番頭は、この千九郎に決めたからな」

「なんと！」

驚く顔で、天野は千九郎を見やった。

「なぜに、こんな小者を……？」

その表情に、役職を横取りされたという悔しさも混じっている。それと、借財の憂いもあって、他人には任せられない心境にあった。

「おれが決めたのだから、いいじゃねえか。それよりも、おれが商人となって市中に出ている間、誰に藩政を任せられる？　ご家老には藩のことをしっかりと見ていてもらわねえとな」

「かしこまりました」

藩主に反論しても利にはならぬと、天野は大きくうなずき得心《とくしん》の意思を示した。

「それとだ……」

忠介の右腕として、千九郎を登用すると説く。

「殿は、そこまでこの男を買っておられるのですか？」

「ああ、おれが見込んだ男だ。間違いはねえだろう、多分な」

藩の政は家老の天野、財源を作り出すのは千九郎と、忠介は両者を従え藩の命運を賭すことにした。

夜が明けきり、寝ぼけ眼の選ばれし家臣たち九人が御座の間へと集まってきた。

みな寝ぼけ眼で、寝たりないといった様子だ。忠介が国元から連れてきた家臣たちから叩き起こされ、ようやく目を覚ましたという感じである。

襖を開けると、すでに御座《ぎょざ》には藩主忠介が座っている。下座には家老の天野と、その脇に肩を並べて千九郎が座っている。

「あっ、これは……」

さすがにまずいと思ったか、九人の選ばれし家臣たちはそそくさとした足取りで、千九郎の脇に横並びで座った。

「おい、おぬしらはうしろに下がれ」

家老のたしなめに、九人は横一列となって千九郎の背後に座った。国元からきた家臣たちは、どこに行ったかこの場にはいない。

忠介が座る脇に、大和芋が入った頭陀袋《ずだぶくろ》が一袋置いてある。このとき藩主の顔は、苦虫《にがむし》を嚙み潰《つぶ》したような、苦渋《くじゅう》に満ちたものであった。

どうしたのかと、千九郎のうしろでざわめきがあった。

「静かにしろ」

天野に叱られ、座に静寂が戻った。その間に、忠介が頭陀袋を逆さまにして大和芋を畳の上にあけた。

「これを見ろ」

異臭が鼻につく。

一晩置いて、さらに大和芋の傷《いた》みが進んだようだ。

「きのうのうちは、たいしたことはなかったのだが……」

傷みの酷いものは、半分ほどが溶けてしまっている。中には黒く変色し、黴《かび》が生えているものもあった。

「傷みが傷みを呼ぶからな……」

一袋のうち、すでに三分の一ほどが食用にならなくなっている。

「今、裏庭でそれを選り分けているところだ」

天野が振り向き、九人に説いた。国元から来た家臣たちは、その仕分けにあたっている。裏庭は、江戸詰めの家臣たちも駆り出され、騒然としているところであった。

「そんなとき、おまえたちはグーグー高鼾をかいておったのだぞ」

またも天野にたしなめられる。九人の家臣を起こさなかったのは忠介と天野、そして千九郎の三人で対策を講じていたからだ。

「腐《くさ》って溶けたところを切り取り売ったとて、誰も買いはしない。もう、売りものとしての価値はない」

苦渋を口調に込めて、天野が吐き捨てるように言った。

「それにしても、幕府から五百両の供出を命ぜられていたのは知らなかったな」

先立って、天野は忠介に借財があることを打ち明けていた。

「申しわけありませんでした」

「そんな報せをもってきたところで、国元ではどうにもならなかった。藩主になりたてのおれに、負担をかけまいとしてしたことだ。何も咎めはしねえよ。だがな、これからはどんなことでも話してくれなきゃ、困るぜ」

「ははぁー」

天野が畳に額《ひたい》をつけて、かしこまった。

量が減ったし、売りものとして形のなさない傷ものである。

まともに売れたとて、五百両には到底ならない。災害に見舞われた上、さらに五百両の短期弁済がのしかかってきた。

「頼みの綱は、この大和芋だったのによ」

恨めしそうな目で、忠介は畳に転がる大和芋を見やった。

「千九郎が売れねえと言ったのが、今分かったぜ」

「どうして、昨夜売れないと断言したのだ？」

天野には、その謎が解けていない。

「とろろ汁がうますぎたから、かえって売れねえって言ったんだよな」

「はい、そのとおりで」

忠介と千九郎の問答に、天野をはじめ一同首を捻って考えている。

「腐り初めってのは、なんでも甘みが出て味がよくなるものです。これはもう、日持ちがしないと思ってました。よしんば売れたところでも、それは端《はな》のうちだけ。一どきに全部売るのは到底無理でございましょう。五百袋売るにはどれほどときが……」

かかるかもしれないと言おうとしたところで、忠介が手を差し出して止めた。

「もういいぜ、千九郎。おれはそこまで考えねえで、簡単に捌《は》けるもんだと有頂天になってた。殿様ってのは、まったく疎《うと》いもんだぜ。こうなったら、大和芋は国元にもって帰れねえし、しょうがねえから江戸でもってみんなして食っちまうんだな」

財政破綻の際までできている。忠介は、藩を幕府に返上し小久保家は自分の代で廃絶しようとまで考えていた。その代わり、家臣は仕官が叶うよう、民は飢えを凌げるよう幕府に言上《ごんじょう》する覚悟でいた。

「ちょっと待ってくだされ、殿……」

口を出したのは、千九郎であった。

「この期《ご》におよんで、まだ何かあるんかい？　商人ごっこは、もう終わりだぜ」

「そうではなくて、もう一つ手前が言ったことを思い出してください」

「なんて、言ってたっけ……？」

千九郎の話に、忠介が顎《あご》に手をあて考える。そして、思い出したか手のひらをポンと叩いた。

「そうだった。たしかあのとき、売るのではないとか言ってたな」

千九郎が、その答を示そうとしたところにちょうど、天野が御座の間へと入ってきてその答を聞いていない。

「売らねば、金にならんであろうが……」

いい加減なことを言うなと、天野が詰《なじ》った。

「いいからご家老、千九郎の話を聞きな」

横からの口出しを、忠介がたしなめる。

「千九郎、話を先に進めな」

「はい……」

忠介の促しに、千九郎は腰を動かし居住まいを正した。

「今、裏庭で選り分けている大和芋を、みんなあげてしまえばいいのです」

「あげてしまうってのは、天ぷらにか？」

「いや、あげるのは他人《ひと》にです。差し上げると言えばよかったですね」

天野の問いに、千九郎は苦笑をしながら答えた。

「他人にあげるくらいなら、藩邸でもってみんなして食したほうが……」

よかろうと、天野が言うのを千九郎は毅然とした態度で遮った。

「それでは、藩は救えません」

「どういうことだ、千九郎？」

上座から、身を乗り出して忠介が問うた。

「損をして、得を取れといった言葉をご存じでしょうか？」

「そんな言葉は、餓鬼《がき》でも知っておるぞ」

またも天野が茶化す。

「よろしければ、大和芋の処置をわれら十人に任せていただけませんか？」

「元より、そのつもり。何をするか分からねえが、おれは千九郎を右腕に登用したんだ。しくじったって、責はおれが取るぜ」

端《はな》から小久保家の断絶を覚悟していた忠介である。腹を切るのは、その結末を見てからでも遅くはなかろうと、すべてを千九郎に委ねることにした。

襖の外から、声がかかった。

大和芋をすべて選別したとの、国元から来た家臣の報せであった。

五

二馬力の荷車二台に乗せてもってきた大和芋は、およそ半分に目減りしていた。

荷車の一台に食せる大和芋を積み、もう片方に腐ったほうを積んで千九郎たちが江戸藩邸を出たのは、朝四ツの鐘が鳴るころとなっていた。

一台の荷車を五人ずつで見る。

「どこに行くので、大番頭さん？」

選ばれし九人からは、千九郎は大番頭と呼ばれている。御庭番掃除役配下であった竹田平八が訊いた。すでに九人は手代となって、千九郎の配下であった。

「一台は浅草材木町《ざいもく》で、もう一台は吾妻橋《あづまばし》を渡って押上村《おしあげ》だ。先に、材木町に行く。急ぐぜ」

かしこまりましたと、九人が千九郎に従った。中には千九郎より年上の者もいたが、藩主の右腕と聞いては従う以外にない。そのことに、おもしろくない者もいた。

元鳥越町《もととりごえ》から、幕府の米蔵である浅草御蔵《おくら》の中ノ御門《なかのごもん》前に出た一行は、蔵前通りを北に取った。そこからさらに十町ほど歩き、大川沿いの道を辿ると『大松屋《だいまつや》』と金看板が掲げられた材木問屋の前まで来た。

かなり広く幅を取って材木が立てかけてある。大川の桟橋には、深川の木場から運んで来たか、丸太の積んだ舟が数艘停泊している。数人の人夫たちの手により、舟から丸太を降ろしている光景が見られた。

立てかけてある材木を、大工の棟梁《とうりょう》と見られる男が手代相手に品定めをしている。材木問屋としては、かなりの大店《おおだな》と見える。

「ここだ」

千九郎は荷車を止めて、店の前に立った。

「ちょっと、待っててくれ」

九人を外に待たせ、千九郎は店の中へと入った。

「ごめんください……」

プンと漂う木の香りを嗅ぎながら、千九郎は材木の目利きをしていた手代風の男に声をかけた。

よれよれの羽織袴を着込んだ若侍の来訪に、手代は訝《いぶか》しげな目を向けた。普段、材木と縁のある侍といえば、町奉行所の高積み同心くらいなものである。

「お侍さんが、何用で？」

「大旦那の松三衛門《まつざえもん》さんはおいでで……？」

「おりますが、どちらさまで？」

若侍と主《あるじ》の、関わりが結びつかない。

「皆野千九郎が来たと、お伝えしていただければ……」

ニコニコと笑いながら言う千九郎に、主とは親しい間柄と手代は取った。

「かしこまりました、少々お待ちを」

店と母屋《おもや》は土間つづきである。脇の戸口から手代は奥へと入っていった。

やがて、四十歳をいくらか過ぎた恰幅のよい壮年の男が、手代を引き連れ奥から出てきた。

「おお、千九郎さんがここに来るなんて珍しい。しばらくぶりでございましたねえ。裏に回って、母屋のほうに直《じか》に来てくれりゃあよかったのに」

話を聞いただけで、大松屋の主松三衛門と千九郎は親しそうだ。それでも、身分は武士と町人である。身分の隔たりをわきまえた口調であった。

「お忙しいところ、申しわけありません」

千九郎も、齢《とし》の差を意識したもの言いであった。

「そんな堅苦しい挨拶は、よしましょうや。それで、きょうは……？」

「ご主人に折り入ってお願いが……」

「ほう、お願いと。世話になった千九郎さんの頼みとあっちゃ、聞かないわけにはまいりませんな。それだったら、奥で話を……」

しましょうと言うのを、千九郎は遮って言う。

「その前に、ちょっと外に出ていただけませんか」

「外に……？」

何があるのかと思いながら、松三衛門は千九郎のうしろについた。

「あれは？」

眉間《みけん》に皺《しわ》を寄せ、さらに松三衛門の表情は訝しげなものとなった。

日陰に停めてある二台の荷車の周りに、九人の若侍が立ち松三衛門のほうを見やっている。千九郎と話をしている松三衛門に向けて、一同頭を下げた。

「この一台に積んである荷を松三衛門さん、もらっていただけないですか？」

腐ってない大和芋を積んだ荷車に近づき、千九郎は言った。

「なんですかい、これは？」

頭陀袋に入っているので、中身は見えない。千九郎は荷台から一袋を下ろし、中を見せた。

「これは、大和芋じゃないですかい？」

なんでこんなものをといった目で、松三衛門は千九郎を見やった。

「わが藩の、特産品で……」

「どうしてこれを、手前どもにくれるとでも？」

話せば長くなる。立ち話でするような話ではない。

「ちょっと、奥を拝借してよろしいでしょうか？」

「それはかまいませんが……」

四半刻《しはんとき》ほど待っていてくれと九人に言って、千九郎は松三衛門の案内で母屋へと入っていった。

松三衛門の部屋で、二人は向かい合った。

「これはこれは、千九郎様。ようこそお越しいただきました」

茶飲《ちゃのみ》を盆に載せ、二十代も半ばの見目麗《みめうるわ》しい内儀《ないぎ》が入ってきた。

「お美津《みつ》さん、ご無沙汰しておりまする。相変わらず、お美しい……」

「いやだわ千九郎様、お世辞なんか言って……」

まんざらでもないといった顔で、お美津は茶を差し出した。

「お美津、千九郎さんと話があるんだ。ちょっと下がっててもらえないか」

「分かりました。せっかく、千九郎さんと会えたというのに……どうぞ、ごゆっくり」

残念そうな素振りを示し、お美津は部屋を出ていく。齢の離れた夫婦に、どうやら千九郎は関わりがありそうだ。

「申しわけありませんな、せっかくお美津と会えたというのに」

「いや、きょうはその話ではなく……」

「そうだ、大和芋のことでしたな。それで……」

「実は……」

千九郎が本題に入った。先だって襲った野分《のわき》によって、藩が壊滅的な被害を受けたことから、大和芋との関わり、そして、きのうからきょうにかけての経緯を、千九郎は口早に語った。

「ほう。お殿様自らが売ろうとして下野《しもつけ》から運んできた大和芋が、半分駄目になったと……」

気の毒そうな松三衛門の目が、千九郎に向く。烏山藩の窮状は理解したようだ。

「ですが、なぜ当方に大和芋を?」

松三衛門の問いに、千九郎の思案が語られる。

「この大和芋を、大松屋さんの商いに役立たせてもらいたいのです」

「なんですって? うちは、青屋《あおや》ではありませんですぞ」

「材木問屋ってことは分かってます。だからこそ、おもちいたしました」

「わけが分からんですな」

いくら親しい千九郎の頼みだからといっても、迷惑なのはやりきれない。そんな思いが、松三衛門の顔に浮かんだ。

ここからが、千九郎の説き伏せであった。

「このたびの嵐では、江戸も多大の被害を蒙ったと。江戸湾から海水が河川を遡り、水が溢れてその周辺はとくに被害が酷《ひど》く、まだ復旧の目処《めど》が立っていないとか。わが藩も、大きな被害を受けたというのに、幕府から五百両の供出を迫られました」

ここまで語って、千九郎は茶を一服口に含んだ。

大川《おおかわ》沿いは、浅草あたりは被害が少なかったものの、千住《せんじゅ》あたりは甚大であった。それと、河口である深川《ふかがわ》一帯と本所《ほんじょ》は竪川《たてかわ》と大横川《おおよこがわ》が氾濫し、つい先日までは水浸しの状態であった。

「この周辺は、なんとか助かりましたけど、木場が大変なことに……」

木材を加工する材木屋の多くが水に浸かり、今でも商いが停滞している状況だと、松三衛門の顔が曇りをもった。

「家を建てたくても、材木が動かなければどうしようもない。当方の材木も、すべて行くところが決まっているが、この先入荷する目処が立っていない。仮設の家も建てられず、未だ路頭に迷っている人たちがかなりたくさんいますからな」

苦悶のこもる、松三衛門の口調であった。

「その人たちって、何で糊口《ここう》を凌いでます？」

「神社、仏閣の境内で炊き出しをしていると聞くが。それも、食材が足りず……えっ、もしかして……？」

それが、大和芋と関わりがあるのかと、松三衛門はここにきて気づいた。

「そうです。お手数ですが、大松屋さんの手であの大和芋を炊き出しに配ってもらえればと……」

「材木が入るまで、大和芋で腹を凌いでもらおうってことですな？」

「とろろかけご飯は、精力がつきます。たとえいっときでも、家を失った人たちが元気になっていただければよろしいものかと」

「大和芋は、値が張るものですから、これは喜ばれますな。分かりました、引き受けましょう」

「そうしてもらえれば、助かります。売れるものでもないし、どこに捨てようかと悩んでいたところ、大松屋さんを思い出しました。ご迷惑でしょうけど、お願いいたします」

深々と頭を下げて、千九郎は立ち上がろうとした。

「ちょっと、待ってください千九郎さん……」

松五郎が引き止め、千九郎の浮いた腰が元へと戻った。

「これ、お美津……」

松三衛門が大声で呼ぶと、隣部屋にいたかお美津が間髪《かんはつ》容《い》れずに入ってきた。

「お呼びでございましょうか？」

「ここに、大番頭さんを呼んできてくれ」

「分かりましたわ」

一つ微笑《ほほえ》みを残して、お美津は部屋を出ていく。

「どうやら、聞いていたようですな」

苦笑いを浮かべて、松三衛門が言った。

「まだ、何か？」

先を急ぎたいと、暗に言葉を含ませる。

「ときはかけません。ちょっと、お待ちを……それにしても、お美津はいい女だ。あのとき千九郎さんを介してお美津と会ってなかったら、自暴自棄《じぼうじき》で手前はどうなっていたか分かりません」

「もう、そのことは……」

「いや。いく度《ど》礼を言っても言い足らない」

二年ほど前、松三衛門には前妻があった。倒れた材木の下敷きになって、あえなく前妻は死に至った。不慮の事故として咎めはなかったものの、松三衛門は自らを責め自棄となった。半年ほど商いに身が入らず、大松屋は存亡の危機にあった。

ある夜、酔っ払って浅草広小路《ひろこうじ》を徘徊していた松三衛門がやくざに絡まれているのを、千九郎が目にした。やくざが三人ほどならば、侍である千九郎も相手にできる。

半分錆《さ》びついた刀を抜き、威嚇してやくざを追い払った。松三衛門はかなり殴られ、顔面に深い傷を負っていた。

介抱しながら、大松屋まで連れていったのが縁のはじまりであった。その後、松三衛門が荒れた経緯を聞いた千九郎は、後妻をもつことを勧めた。千九郎の姉の友人であるお美津を紹介したのである。

縁結びも千九郎の、裏の稼業の一環である。女を求めている男もいれば、早く男と添いたい女もいる。千九郎にはうってつけの仕事で、いくばくかの礼金にありついた。

それ以来、若くて気立てよく、そして美しいと三拍子そろった後妻が来てくれたと、感謝の絶えない松三衛門であった。そのおかげで大松屋も盛り返し、材木問屋でも五つの指に入るほどの大店に成長をみせていた。

「大番頭さんをお連れしました」

お美津の声が、襖の外からかかった。

「入りなさい」

大番頭だけが、部屋へと入ってくる。お美津は部屋の外で待つ。わきまえのある女であった。

「ご用でございますか？」

「すまないが、五百両の振り出し手形を書いてくれないか。ええ、両替商は森田《もりた》町の利曾奈屋《りそなや》でいい」

大番頭の問いに、松三衛門が言った。

「えっ！」

驚いたのは、千九郎であった。

「かしこまりました。今すぐもってまいります」

事情も聞かず大番頭は出ていく。大旦那のやることに、いちいち口を出さない従順さがそこにあった。主《あるじ》を心底信頼している様子であった。

――商いをする上で、見習わなくてはいけないな。

千九郎は、心の内で思っていた。そして、声に出す。

「五百両などと、拙者はそんな……」

つもりではないと、千九郎は手を振って拒んだ。

「いや、とんでもない。外にある大和芋に無論五百両の価値はないが、その値で大松屋が買い取ることにする。今まで儲けた金をこういうところで使わずして、どうして世間様への還元と言えますでしょう。それと、鳥山藩も……いや、言わんことにしておきましょう」

「かたじけない！」

千九郎は、大声を発し畳に額をつけて拝した。

六

受け取った五百両の振り出し手形を懐《ふところ》の奥にしまい、千九郎は外へと出た。

「待たせたな」

二百六十袋ほどに減った頭陀袋を母屋の庭に下ろし、千九郎たちは大松屋をあとにした。吾妻橋を渡り、押上村へと荷車を向ける。

「いくらで、売れました？」

御庭番掃除役配下であった竹田平八が訊いた。

「売ってきたわけではないよ」

「やっぱり、差しあげてきたのですか」

もったいないといったような、竹田の表情であった。

「先を急ごうぜ」

荷車に載っているのは、腐っている大和芋である。その臭気がだんだんと酷くなってきている。

業平橋《なりひらばし》で、大横川を渡ったところは低地である。

「ここらあたりも、ずいぶんと水が出たみたいだな」

水の浸かった痕《あと》が痛々しい。農作物が葉を枯らし、見るからに悲惨な状況であった。

しばらく東に向かうと、だだっ広い農地に出た。押上村一帯である。

秋の風が心地よく、大地を吹き抜ける。あのときの嵐が嘘のような好天であった。

「……八郎衛門《はちろえもん》さんの家はどこかな？」

千九郎も、滅多に来たことのない押上村である。土地勘はなかった。

畑を耕す農夫がいる。あぜ道に入っていって、千九郎は声をかけた。

「すいません……」

「なんだべ？　こりゃ、お侍さん……」

頬被《ほおかぶ》りを取って、農夫は頭を下げた。

「作業の邪魔をして、申しわけない」

「いや、よかんべよ」

ずいぶんと口の利き方が丁寧な侍に、農夫の日焼けした顔に笑みが含まれていた。

「このあたりに、庄屋の八郎衛門さんの家はありませんか？」

「庄屋さんの家ですかい。だったら、あそこだべ」

遙か遠くまで見渡せる農地である。農夫が指差す先に、こんもりと森が茂っている。その手前に、土塀で囲まれた屋敷があった。

「あそこまでは、三町といったところだべな」

庄屋の屋敷まで、ずっと農道がつづいている。その三町の道を、二台の荷車が進む。一台は空の荷で、もう一台は腐敗した大和芋が載っている。

正午を報せる鐘が鳴ってから久しい。

「腹が減ってきたな」

草履《ぞうり》監視役であった、板野定八《いたのさだはち》が腹の虫を鳴らしながら言った。草履監視役とは、来客が履《は》いてきた履物がなくならないよう、その場で見張っている役目である。閑職といえば、算盤改《そろばんあらため》役に匹敵するほどの閑職である。そんな役はなくてよいと、このたびの十人のうちに加えられた。

「少しぐらい、我慢してくださいな」

二歳年上の板野を、千九郎がたしなめた。

「なんでこんな田舎に、こんな臭《くせ》えもんを運んでくるんだ？　やっちゃいられねえよなあ」

思えば十人のうち、板野が一番年長である。それだけに愚痴も出れば、わがままも口にする。

「屋敷の中で、客の草履を見張っていたほうがよっぽどいいぜ。楽だし、昼には仕事が終わらあ」

「自分も、柿の実数え役のほうが、性に合ってます。何はともあれ、武士の身分ですからな。それに、今は忙しい時期だ」

藩邸の庭の柿の木に、実がいくつ生《な》っているか数える役職である。秋にしか用のない家臣の大原《おおはら》が、板野についた。

これまでおとなしくついてきた者が、板野につられ不満を口にするようになってきた。

「いやでしたら、ここから帰ってもよろしいですよ。何も十人がぞろぞろと、馬が牽《ひ》く荷車について行くこともないでありましょう」

「そうかい。別段おれたちがいなくたって、かまわねえよな」

板野が踵《きびす》を返すと、三人の家臣がそれに従った。

「浅草で、めしでも食って帰ろうぜ」

「そうしますか、板野さん……」

四人が元来た道を引き返していった。

「いいのですか、帰しちゃって？」

残った六人の一人、御池鯉餌役《こいえさやく》番であった松尾が、千九郎に問うた。

「かまわないさ。いてもいなくても、どうでもいい連中だ」

「手前なんか、鯉に餌をやる毎日に辟易《へきえき》してましたけどねえ。武士として生まれ、こんなことをしてていいのかと。こっちのほうが、よっぽど面白いと思いますが」

「拙者……いや、手前も松尾さんの言うことに賛同しますな。一生庭の掃除役なんて、耐えられません」

御庭番掃除役配下であった竹田が同調する。

「今、引き上げていった人たちは、一生うだつが上がりませんでしょうな。手前なんか、人生ずっと菜っ葉切りで終わるところでした」

台所賄方《まかないかた》小者であった秋山小次郎が、口を挟んだ。

「まあ、人それぞれですから……さあ、先を急ぎましょうぞ」

千九郎は言うと、荷車を牽く馬の尻を軽く叩いた。

庄屋八郎衛門の屋敷の門前に、荷車は横づけされた。

「今、庄屋さんを呼んできますから」

屋敷の中に入っていこうとする千九郎を、竹田が引きとめた。

「なんで、千九郎さんはこんな人まで知ってるのです？」

「まあ、いろいろとね……」

ニコリと笑って、千九郎は屋敷の中へと入っていった。

母屋の遣戸《やりど》を開き、千九郎は広い建屋の奥に声を投げた。やがて、乳飲み子を背負った娘が戸口先にと顔を出した。

「どちらさんだべ？」

この家に雇われている子守女であった。まだ、侍の身分というものを知らぬ年ごろの娘であった。武士の形《なり》を見ても動じない。

「ご主人さんは……？」

「ご主人て、誰だべ？」

「八郎衛門さんは、おりますか？　千九郎が来たと言えば分かります」

千九郎の言葉は、誰に対しても丁重であった。

「へえ、一人いるよ。今、呼んでくるから待っててくれべ。ああ、よしよし……坊やはよいこだ〜……」

背中の子をあやしつけ、子守唄を口にしながら娘は奥へと入っていった。

やがて、廊下から慌《あわただ》しい足音が聞こえてくる。

「ご無沙汰してますな、千九郎さま……」

奥から、六十歳にもなろうかという主の八郎衛門が顔を出した。皺《しわ》を多く弛《ゆる》ませ、笑みを浮かべるところは、いかにも好々爺《こうこうや》といった感じである。

「こちらこそ……」

千九郎は、小さく会釈をして八郎衛門に挨拶を返した。

「さあ、上がって話を……」

「いや、八郎衛門さんに見てもらいたいものが……」

久々の再会で、話したいこともいろいろとあったが、千九郎は先に用件を切り出した。

「見てもらいたいってのは？」

「外に、待たせてあります」

八郎衛門は土間へと下りて、雪駄《せった》を履いた。

「あれです」

千九郎は、門の外で待つ荷車に指を向けた。

「何が積んであるんです？」

荷車に近づくと、八郎衛門の顔にさらに数本の皺が増えた。

「いやに、臭いますですな」

手で、鼻の先を扇《あお》ぎながら八郎衛門が言う。

「袋の中には、大和芋が腐ったのが入ってます」

「なんで、そんなものをここに？」

「横川の氾濫で、土が傷んでおいででしょう。来るときに見てきました、かなりの被害でしたようで」

「業平橋《なりひらばし》あたりは、ほうれん草を栽培してましてな、みなやられてしまった。これから冬にかけて、収穫をしようとしてたのですが」

苦渋のこもる、八郎衛門の口調であった。そして、さらに言う。

「水に浸かった土は、しばらくは駄目だ。養分が土中深く浸み込んでしまってましてな、一から耕し直しってことですわ」

大横川の氾濫は、ここ数十年なかったことだ。それだけ、護岸がしっかりとしていた。だが、このたびの野分による氾濫は、土手《どて》を乗り越えて水が溢れたものだ。江戸湾を遡る海の水に、上流から押し寄せる雨水がぶつかり水嵩《みずかさ》を増した。

「それと、塩水も含んでおるし……」

塩分が含んだ土は、作物に適していない。しばらくは、荒地のままだと八郎衛門は憂いた。

「そう思って、これをもってきたのです」

八郎衛門の話に重ね、千九郎は荷車を叩いた。

「傷んだ土に、これを肥料として使ったらどうかと……」

「大和芋を肥料に？　そりゃ、贅沢ってものだ」

「贅沢なんかじゃありませんよ、腐ってますし。どうせ捨てるものなら何かの役に立たせようと、運んできたのです。拙者は農作物のことには詳しくありませんが、こういうものが肥やしになるくらいのことは知ってます。もっとも、どれほどの効果があるかまでは……」

分からないと言おうとしたところで、八郎衛門が言葉を挟む。

「とんでもない。大和芋には、汁がついたら皮膚が痒くなるぐらい、多くの養分が含まれてる。それを肥料としたら、たちまち土は生き返りますわ」

「もってきて、よかった」

千九郎の口から、安堵の息が漏れた。

「ところで、なぜに大和芋を……？」

八郎衛門の問いであった。

「実は国元で……」

立ち話でもって、千九郎は藩の窮状を語った。その話の中に、忠介から聞いていた、大和芋の栽培のことを含ませた。

「それを江戸で売ろうと……大変でございましたなあ」

気の毒そうに、八郎衛門は顔に一本皺を増やした。

「そこで、八郎衛門さん……」

「なんでございましょう？」

改まった千九郎のもの言いに、曲がった背筋をピンと伸ばした。

七

小作農家の家に腐敗した大和芋の肥料を下ろし、千九郎一行は帰路についた。

業平橋を渡る手前まで来て、千九郎は足を止めた。ほうれん草の植わった、広い大地に指先を向けて言う。

「ここに大和芋の畑を作ることにした」

「作ることにしたって、わが藩の土地ではないでしょうに」

竹田が、怪訝《けげん》そうな顔をして返した。

「八郎衛門さんと話をして、決めたのだ。大和芋の肥料を撒《ま》いて、肥沃な土地にする。そして、来年春に種芋を植えて、秋に収穫をする。ちょっと先の話だが、今から計画を立てないと遅い。収穫した大和芋は、鳥山藩の名産として売りに出す。その売りをここにいる五人でやってもらいたい」

「五人て……」

松尾が勘定すると、今いる人数は六人である。

「千九郎さんは？」

「拙者は、いろいろやることがあってな。大和芋だけで藩の窮状を救うには、まだまだ足りない。それに、押上村にも利の配分をせねばならんしな。別に儲ける手立てをいろいろ考えんと……」

言いながら、千九郎は北の方角に目をやった。

北十間堀川《きたじっけんぼりがわ》の向こうにも、土地が開けている。

「……あそこにも、何かできないものか？」

　ふと考えるも、いい案が浮かんでこない。ちなみに、後世その地にばか高い建造物が建とうなど、この時代の千九郎が知るわけがなかった。

「さてと、行こうか……」

　ぼんやりと北の方角を眺めていた千九郎が、振り向いたと同時に歩き出した。荷車も空となって、牽いている馬の足取りも軽やかである。

　昼はとうに過ぎている。千九郎は浅草に戻って、昼めしを摂ることにした。吾妻橋を渡り、花川戸の辻に出た一行は蔵前通りを南に道を取った。

　一軒寄らなくてはいけないところがある。千九郎は懐に手をつっ込み、大事な書き付けが入っているかをたしかめた。

　途中、並木町の煮売り茶屋に入って、腹を満たすことにした。荷車を道端に置き、店の中へと入る。すると、障子《しょうじ》が閉まった奥の部屋から酔っ払いたちの話し声が聞こえてくる。

「あれは……」

　六人みんなが知っている声音であった。千九郎たちは声を潜め、話し声に聞き入った。

「もう、わが藩はしまいだな」

「板野さん、なん度も同じことを言わんでくださいな。誰が聞いてるか、分かりませんよ」

「別に、藩の名を出してるわけではなかろう。あんな、腐った芋を荷車に乗っけて、どう藩の窮状が救えるかってんだ。おれたちも、こんな藩見捨ててどこかに仕官しようじゃないか」

酔っ払ってくだを巻いているのは、年長の板野であった。草履数え役なんて閑職を与えられ、相当腹の中に鬱憤《うっぷん》が溜まっているようだ。

「それにしてもあの千九郎って野郎、殿の片腕になったからって、ずいぶんといい気になってやがんな。あとで、ちょっと焼きを入れてやらなきゃいけねえ」

「まったくですわ。年下で身分も低いくせに、おれたちを顎で使いやがって」

板野の言葉に、相槌を合わせたのは柿の実数え役の大原であった。家柄でいえば、千九郎の家より若干だが位が上である。そんな鬱憤が、千九郎たちの耳に入った。

「いいのですか、あんなことを言わせておいて……？」

松尾が千九郎に問うた。

「いいってことよ。言いたいことを言わせておけば……。さあ、気にしねえで、めしを食っちまおうぜ。急いで戻らないと、いけないからな」

すでに六人分の、塩鮭定食が配膳されている。千九郎は、ご飯に湯をかけてもらい、かっ込むように昼めしを済ませた。

両替商の利曾奈屋に寄らなくてはならない。

森田町は、蔵前通りを挟んだ浅草御蔵の向かい側である。禄を米に替える札差が軒を並べるところである。その合い間に金銭の両替や、為替《かわせ》のやり取りをする両替屋も数軒交じっていた。

分銅《ふんどう》の形をした看板は、両替商の印である。庇《ひさし》から垂れ下がった暖簾には、利曾奈屋と記されている。

「こんなところに、なんの用があるんです？」

「ちょっとな……」

松尾の問いに答え、五人を外に待たせて千九郎は中へと入った。

「ずいぶんと、待たせるな」

道端に荷車を寄せて待ち、四半刻ほど経ったそのとき板野たち四人が千鳥足となって近づいてきた。

「こんなところで馬鹿面してつっ立って、何してるんだ?」

酒臭い息を吐いて、板野が誰ともなしに訊いた。

「なんだって、いいでしょう」

松尾が、口を尖らして答えた。

「まあ、そりゃそうだ。おめえらも、千九郎みてえな奴につき合ってねえで普段の役職に戻ったほうがいいぜ。こうやって昼から酒も呑めるし、よっぽど面白えってもんだ」

「まったくですな」

柿の実数え役の大原が相槌を打った。

「荷車の番をする侍ってのも、見ていてざまあねえやな」

厭味《いやみ》を並べ、高笑いを発しながら四人が去っていく。

さらに四半刻が経った。

「待たせたな……」

千九郎が店から出てきたときには、千両箱を重そうに抱えている。

「なんですか、それは?」

板野たちからさんざっぱら厭味を言われ、意気消沈していた五人は、目を見開いて驚きの表情となった。

「なんですって！」

「千両だ」

鳥山藩江戸藩邸に戻ると、千九郎はさっそく藩主忠介と面談した。

忠介の目の前に、千両が置かれる。千九郎の脇に座る家老の天野が、驚く顔で千九郎の横顔を見やった。

「どうしたんだ、この金は？」

たった半日で作ってきた千両の小判を前にして、忠介は眉間に皺を寄せている。

「別に怪しい金ではありません」

「そいつは分かっちゃいるが……」

「大和芋が、さしあたり五百両に化けたのです。それというのも……」

千九郎が、材木商大松屋松三衛門とのやり取りを語った。

話を聞き終えると、忠介はふーむと鼻息を一つ吐いて、信じられないといった表情を千九郎に向けた。

「そればかりではありません。腐った大和芋は押上村にもって行き……」

腐敗した大和芋の使い道を、千九郎は説いた。

「なんと、押上村でもって大和芋を栽培するだと？」

「すぐには財になりませんが、これは長い目で見れば……」

「売り上げの三分を押上村に還元し、七分をわが藩がいただくということで、話をつけてきました」

腐敗して廃棄しようとしたものまで、千九郎は役立たせる。そんな家臣を登用したことに、忠介は自分の判断が正しかったことを知った。

「どんなもんだい、ご家老……」

忠介の顔が、家老の天野に向いた。藩主としての才覚があるだろうといった表情を見せつけ、忠介は胸を反らした。

「それとですが、殿……」

「まだあるのか、千九郎？」

「利曾奈屋と、話をつけてきました」

奇《く》しくも利曾奈屋は、鳥山藩と取引きのある両替商であった。災害援助金として幕府に供出した五百両は、その利曾奈屋から融資を受けたものであった。

「なに、利曾奈屋とか……？」
天野が、体ごと回して千九郎に向いた。
五百両が、千両になった経緯を千九郎が語り出す。
材木商『大松屋』発行の振り出し手形は、五百両の小判に還元ができた。しかし、
それはすぐにでも弁済すべき金である。
千九郎は、利曾奈屋の主宗右衛門《そうえもん》と会って交渉をした。
そのときの様子が語られる。
大和芋で五百両を作った経緯を説き、藩主忠介の人なりと鳥山藩立て直しの構想を
熱っぽく語った。
腐った大和芋を肥やしにして肥沃な土地に蘇《よみがえ》らせる件《くだり》では、利曾奈屋の主宗右衛
門は商人として、深く感銘したようだ。千九郎を高く評価する。
「――皆野様の要望を受け入れましょうぞ。それと……」
宗右衛門は大番頭を呼んで、さらに五百両をもってこさせた。
「その五百両だけでは、お国元の困窮を救うにはまだまだ足りんでございましょう。
この五百両をお役に立ててください。いや、差し上げるのではございません。貸し付

けは、これまでのものと合わせて都合三千両となりますが、お返しはいつでもよろしゅうございます」

利曾奈屋にはすでに、二千両の借財があった。その弁済期日も延長され、金利も最小限に留めるよう計らってくれた。

千九郎が、畳に額をこすりつけ礼を言う。

藩主の忠介とこの千九郎が組めば面白いことになりそうだと、このとき利曾奈屋宗右衛門は両替屋としての嗅覚で感じ取っていた。

千九郎が語り終えると、忠介はしばし腕を組んで考える風となった。

「申しわけございませんでした」

忠介の様子に、千九郎は畳に伏して詫びた。

「千九郎は、何を謝っているんだ?」

「勝手に借財を五百両増やしてしまいました」

「とんでもねえ。それについちゃ、どんなに感謝してもし足りねえよ」

「それでは……?」

「千両の使い道を考えていたところだ。何か、生かせる手はねえかな?」

忠介の問いに、天野が答える。

「でしたら、殿。それで、国元の民を腹いっぱいにさせてあげればよろしいのでは」

「そうだな。しかし……」

天野の策に、忠介は小さく首を横に振った。

「いっとき腹を満たしても、その先はどうすんだい？　みんなして食っちまったら、千両なんてあっという間になくなっちまうぜ。そしたら、また腹っぺらしだ」

忠介は、その千両を元手に財を増やすことを考えていた。

「五百両ならたいしたことはできねえが、千両も元手があればいろいろと策が打てる。そこを考えろってんだ、ご家老」

「そうですなあ。でしたら……」

うーむと唸ったところで、天野の口は止まった。宙を見据えて考える様子だ。

「どうだい、千九郎。何か、いい使い道はねえかい？」

「これといって、今すぐ思いつくものではありません。ですが、殿……」

「どうした、いい案が浮かんだか？」

「使い道は思いつきませんが、どうも江戸藩邸にいる……」

この先が、最下級の身分である者にとって話しづらいと、千九郎はためらいをもった。

「途中で言葉を止めてどうした？　言いにくいことがあっても、遠慮なく話しちまえ。おれが許すというより、千九郎は大番頭なんだぞ。誰に引け目がいる」

「それでは、僭越《せんえつ》ながら……」

忠介にうしろを押され、千九郎は語る気になった。

「どうも江戸藩邸にいるお方たちは、藩の窮状を知らない人たちが多いのでは」

千九郎の言いたいことは、家臣たちの考えが甘ったるい、危機感というものをもっていないなどといった、藩主忠介への直訴《じきそ》であった。

語りながら、板野たちのことを思い浮かべたが、名を口にすることはなかった。

「そうかも、しれねえな」

つくづくとした口調で、忠介は返す。

最下級の武士から辛辣《しんらつ》に言われ、額の汗を拭っているのは家老の天野であった。

「そこでです……」

千九郎の考えが語られる。その奇想天外な発想に、忠介はどうしたものかと眉間に皺を寄せ、首を大きく傾けた。

第三章　殿さまの質屋《しちや》通い

一

千九郎の出した案に、さすがの忠介もいささか躊躇《ちゅうちょ》する面持ちだ。

「一人の者に、千両を遣わすなんて……」

到底できないと、口にしたのは天野であった。

家臣に対する辛辣《しんらつ》な思いをつらねたあと、千九郎は藩全体の奮起を促す策を語った。

全家臣に触れを出し、鳥山藩の窮乏を救う策を考えついた者に、千両の賞金を出す
との案であった。

「これは、弛んだ家臣の気持ちを引き締めるためのものです。ちょっと、言葉が過ぎて、申しわけございません」

「いいから、つづけな。ここにいるのは、おれとご家老だけだ」

　忠介から言われ、千九郎は居住まいを正して語りをつづける。

「たいした仕事もなく、日がな一日ぶらぶらとしている人たちの多いこと。これほど無駄なことはありません。このままですと……」

　言いづらいか、千九郎の言葉はまたも止まった。

「いいから、先を言え。なんども言わせるんじゃねえよ」

　藩主から促され、千九郎の語りは辛辣から痛烈なものとなる。

「このままですと、みなさんの頭の中は大和芋《やまといも》が腐ったようなものになってしまいます。いや、もうなっているかも」

　家臣たちの体《てい》たらくを、千九郎は大和芋に喩《たと》えて言った。

「大和芋が腐っただなんて、言い過ぎではないか」

　家老の天野が、たしなめる。

「まあいいから、ご家老。だから、先におれが許すと言ったじゃねえか。いいから黙って聞いてな」

「ですが、傷んでない大和芋もまだまだ残っているはず。そこに息吹を注いだらと思いました。ここで今良案が浮かんだとしても、実際に働いてくれなくては話になりませんし……」

「なんだか、千九郎の言っている意味が分かる気がしてきたな」

ふむふむと、忠介の顔に含み笑いが浮かんだ。そして、言う。

「よし、分かった。ここにある千両を、家臣たちの腐りかけた脳みその活性に使おうじゃねえか」

「良案が出るまで領民の人たちにはどうぞ我慢を強いるよう、説き伏せをお願いいたします」

千九郎が、畳に伏して言った。

「だが……」

まだすべてを得心《とくしん》していない、忠介の顔が下がる千九郎の頭に向いた。

「家臣たちから良策が出なかったらどうする？　のんびりと、待っているほど甘くはねえぞ」

「そこから、良策が生まれたら見っけもの……」

「なんだと？」

千九郎の、含みのあるもの言いに忠介の怪訝《けげん》そうな顔が向いた。

「おそらく、千両を餌にしても良案は出てはこないでありましょう。ですが、それでもって藩の窮状を知らしめ、喚起を促すことができればそれでよし。全員が一丸とならねば、ご家老が言ったとおり、この千両で腹を満たしたほうがよほどよろしいものかと……」

急がば回れの格言を、千九郎は説いた。

それから三日後。

藩主忠介の名のもと、江戸藩邸にいる家臣全員に檄《げき》が飛ばされた。

当初は国元にいる家臣たちにもと考えたが、災害の復旧でそれどころではない。百姓たちも、ようやく飢えを凌《しの》いでいる状態である。それでも餓死者が出ないのは、国元で商いをする地場産業の、商人の力によるものが大きい。今、藩が一体となって回復に力を注いでいるところに、賞金千両の話をもち出したら一揆にもなりかねない。そんな金があったら、腹いっぱいめしを食わせろとなるのが関の山だ。

江戸藩邸の家臣に飛ばされた檄は、以下のごとくである。

瓦版みたいに、二枚の草紙紙に謄写《とうしゃ》された檄文は、江戸におよそ五百人いる士分以上の家臣に配られた。

まずは『告』と大文字で書かれ、ことの重大さと逼迫《ひっぱく》さを冒頭の一文字に記す。

綿々と藩の窮状が綴《つづ》られ、家臣に危機感を煽《あお》った。次に、質素倹約を旨とした藩令の改革が告げられる。

門限は宵《よい》の五ツから暮《くれ》六ツに改められた。遊びに行っても、明るいうちに戻れということである。ついでに、昼間の飲酒を禁じ、酒の量も定められた。一日の酒の摂取量は一合までとする。さらに、十日のうちの四日は、肝の臓を休ませるために禁酒と決められたところでは、読む者の口から不満不平が漏れた。

独《ひと》り者の遊郭、岡場所への出入りは二月《ふたつき》に一回までと、細かいところまで制限される。若い者は、それでは血の気が治まらない。婦女を襲う暴行事件が起きてはまずいと、春画、艶本《えんぽん》の類《たぐい》を御家衆《おいえしゅう》長屋の一室に置くことにした。

食事は一汁二菜にして、主食は麦めしと制限をされる。それも、朝と夜に限られ昼は抜きと、過酷な指令であった。

着るものについては、ことさらうるさい。絹織りはむろん駄目。着物の新調は禁止され、すべて古着で済ますべきとされる。それも、購入するときには、上司の許可を得なくてはならないという徹底振りであった。

あれこれと衣食住に決めごとをつけたあとの一文に、さらに江戸藩邸中にどよめきが起こった。

禄をこれまでの半分に減給するので、家臣一同賄《まかな》いを工夫するようにと記されてあった。

ここまでの決めごとを読んだ、家臣たちの頭の血は相当に上がった。こんな藩にいたって面白くもくそもないと、浪人してでも抜けたいという者まで現れてきた。不平不満が募り、謀反すら起こしかねない気持ちに家臣たちを追い立てたのであった。

ひたすら制限事項をしたためたあと、但し文が記されている。

『但し、次なる条件のもとにおいてはそれら拘束を免ずるものとする』

少しばかり、大きな文字で書かれてある。

それは、副業への励行《れいこう》であった。

藩の業務に支障がなければ、別の仕事をしてもよいという許可である。そこで稼いだ銭金は、何に使ってもかまわないと文を添えた。

仕事で遅くなるなら門限もなく、自分が稼いだ金で遊ぶなら、いくら酒を呑んでも、岡場所に通ってもよしとする。食事も一汁二菜でなく、刺身を食おうがうなぎを食おうがやぶさかでないとした。着物の新調もけっこう、絹織りの羽織も纏《まと》ってよいとする。

要するに、自分で働いて銭金を作れという奨励である。それができないものは、規制に甘んじろということであった。

そこまで読ませ、家臣たちの沸騰した頭を冷ましたところで、二枚目を読ます。

黒々と、太文字で大きな見出しが目を引く。

『藩を救済したものに　賞金壱千両』

壱千両の文字に、みな目が釘づけとなった。五百人からいる江戸藩邸の家臣たちは、紙面を食い入るように読み漁《あさ》った。

藩の窮状を立て直す策を見出した者に、千両を遣わすとの件《くだり》では家臣一同、一様に目が吊り上がった。

文末に、小久保忠介の署名と花押《かおう》が記されている。

刷りおろされた五百枚以上の紙面に、忠介が二日かけて自筆で印《しる》したものだ。

御座の間で忠介と天野、そして千九郎が三角の形で座っている。藩主、家老、家臣の垣根《かきね》はここにはない。まずは自らが率先と、三人は唐桟織《とうざんお》りの着流しで町人の恰好である。

「どうだ、みなに行き渡ったか？」

「はっ。家臣一同、みな食い入るように読んでおりまする」

忠介の問いに、天野が答えた。

「あとは、どう出るかだな。それにしても、千九郎はとんでもないことを考えおるな」

書面のすべては千九郎が考案し、忠介が許したものだ。

いつまでも忠介は江戸にはいられない。三日が限度と、家臣たちからの良案を待った。

救済案がぞくぞくと集まってくる。

「みんな、藩のことを思ってくれてるんだな」

感慨深く忠介の目が潤《うる》む。

「こいつはよさそうだ……」

『藩財政救済案』と、大仰《おおぎょう》な見出しで書かれた文章を忠介は声を出して読んだ。

「まずは五十両を授けてくだされ。その五十両を元手に、賭場《とば》に乗り込み……」

とまで読んで忠介は放り投げた。そして、次を読む。

「藩の財政はこれで救われ候。ただ今目黒不動《めぐろふどう》において一等金壱千両の富くじが……

こいつも駄目だ」

数枚読んで、忠介の目が下座に座る千九郎に向いた。

「どいつもこいつも、ろくなもんがねえな。みんなこんなのばっかりかい？」

がっくりと肩を落とし、あとは知るべしと忠介は手にもった救済案を膝元に置いた。

「殿、その中に一枚だけ面白そうなのがあります」

「どれだい？」

「吉本新八郎《よしもとしんぱちろう》という家臣が書いたものです」

五百人もいれば、一人ぐらいは良案を出す者がいる。千九郎はその一枚を推奨した。

「殿、その案はなかなかのものと……」

「ほう、千九郎が言うのなら面白そうだな。どんなもんだか、おめえの口で聞かせてくれ」

吉本が書いた書面を読まずに忠介は言った。千九郎は自分の考えを添えて忠介に説く。

「今ある千両を元手にして、藩邸内に市《いち》を作るのです」

「市ってのは？」

「市場のことです。やっちゃ場とか、魚河岸《うおがし》みたいな……」

「ふむ、それをどうする？」

「藩邸内に、いろいろな商店を作るのです。古着屋もあれば、青屋《あおや》もある。御台所の役人には魚屋をやらせたらいかがかと」

「そんなことをして、儲かるのか？」

「まずは、ぶらぶらしている家臣たちの仕事を作るのです。むろん、副業ですから禄とは別に給金を出します」

「そんなことをしたら、ますます損をするではないか」

脇に座る天野のつっ込みが入った。しかし、千九郎は動じない。

「居酒屋や、煮売り茶屋などもあっていいですね。ですが、岡場所はどうかと……」

そこまでは気が引けると、千九郎は控えた。

「だったら、居酒屋を腰元たちでやらせたらいいじゃねえか。そこに三味線《しゃみせん》や太鼓《たいこ》の鳴り手を置いて、唄などうたわせりゃいい。若い者じゃなくたって喜ぶぜ」

忠介は乗り気となった。

「よし、おれが許す。あとはご家老と千九郎に任せたぜ」

かしこまりましたと、天野と千九郎の顔が忠介に向いた。

二

すべての段取りを天野と千九郎に任せ、忠介は国元へと戻った。

一月後《ひとつき》には、参勤交代で江戸に出府《しゅっぷ》しなくてはならない。そのときまでには形にしておくとの、千九郎の決意があった。

国元に戻った忠介は、さっそく城代家老の太田を御座の間に呼んだ。行き帰りの道中を含め、忠介はおよそ十日の不在であった。

「どうだった、国の様子は？」

「はあ、なんとか家臣総出で復旧を目指しておりまする。お百姓たちは、水没した稲を乾かし、脱穀して食用にできるよう苦心しておりまする」

「みな、腹を空かしてるだろうなあ」

「腹を空かしてはおりますが、みないたって元気に仕事に励んでおりまする。それというのも、殿を信じておるからでございましょう」

「信じるって、おれのやってきたことは失策に終わった」

忠介は藩の窮乏は、自らの非であるとの思いを言った。

「いや、殿はいろいろと手をつくしました。ですが、いま一歩のところであの大嵐が。あれさえ来なかったら……」

鳥山藩の財政は潤っていたと、悔恨こもる声音で太田が言った。

「おい、ご家老。『たら』とか『れば』ってのは、言うのなしだぜ」

「たらとかればと申しますのは……？」

「知らねえのか。あのときあれがなかったらとか、ああしていればと、言葉のけつにつけるもんだ。済んじまったものを悔いても仕方ねえってことだな」

「肝《きも》に銘《めい》じておきまする」

「みんなにはすまねえが、もう少しの間我慢をしてもらいてえ。今、江戸でな……」

忠介は、江戸であったことを順序どおりに、城代家老の太田に語った。

腐敗した大和芋を千両にした件では、太田の萎《しお》れていた目が見開くほどに驚く様子であった。

「それをやり遂げたのは、皆野千九郎って最下級の家臣でな。こいつは、面白《おもしれ》え野郎だ」

「皆野千九郎ですか……殿は、その者をご登用なされたのですか？」

「あたりめえじゃねえか。ご家老は、不服かい？」

「いや、不服と申すのではございませんが……」

語尾が口ごもる。

「ずいぶんとでかい食いっかすが奥歯に挟まったような言い方だな。何かあるのかい？」

「以前、江戸詰めの家臣から皆野家の評判を聞いたことがありましたもので。代々うだつの上がらぬ家系で、算盤《そろばん》の勘定だけしか能がないと、その者は笑っておったのをふと思い出しました。そんな、下級の者をご登用して……」

よろしいのですかと、太田は不安げに問うた。

「なんでえ、そんなことか。毎朝勘定方にきては、算盤の数が合うかどうかを調べるだけの仕事ってのはおれだって知ってるよ」

「えっ？　算盤の勘定ってのは……」

さらに太田の驚く顔となった。

「その千九郎ってやつ、突拍子もねえことを考えるんでな、おれはそいつに懸《か》けることにしたんだ。大和芋で作った千両をだな……」

賞金として千両を使うといった件では、太田はガクリと肩を落とし涙を一筋膝の上に垂らした。

「なんともったいなき……その金子《きんす》を回していただければ、みな空腹を解消しさらに働く意欲が……」

「おれの考えは違うぜ。千両なんて金、五千人いる家臣領民みんなで食ってみろ。勘定すりゃ、二十日ももちはしねえぜ。食っちまったら、そのあとどうするい？　それよりかだな……」

忠介は、江戸での藩政改革を太田に説いた。

「江戸藩邸の奴らは、危機感というのをもっちゃいねえ。昼から酒を呑んだり、遊んだりして国元の窮状を他人《ひと》ごととしか思っちゃいねえ。そんなんで、少しばかりぎゃふんと言わせた。今江戸ではご家老の天野と千九郎がだな……」

熱く語る忠介の声音が弾んでいる。

「どうやら、面白いことになりそうだぜ。そんなんで、もうしばらく我慢をしてくれってことだ」

「御意《ぎょい》！」

江戸藩邸でやろうとしていることを、藩主の口から聞き終えた太田は、一言大声を発して畳に拝した。

藩主忠介に言われ、家老の天野に向けて千九郎が策を語った。

千九郎が描いた策というのは、およそ次のとおりであった。

藩邸内にいろいろな商店を作るところまでは、先に語ってある。千両の使い道は、その商店で売る品物の、仕入れなどに費やすと言う。

家臣たちが外に出て稼いできた金銭を、藩邸内で使わせるという魂胆であった。そこで千九郎は、もう一案練った。藩邸内だけで使える『藩邸札《はんていさつ》』なるものを作り、換金をさせれば即刻現金化ができるというものであった。

藩邸札を使えば、江戸市中の相場よりかなり安くなるという触れ込みにする。

千九郎が描いた策に、家老の天野は大きくうなずいて得心をしたものだ。

忠介が国元に戻ったあと、江戸留守居役の前田勘太夫に、天野の口からその策が語られた。天野が一番懸念をしていたことは、前田が策に異議を唱えるのではないかということであった。藩内きっての論客である。ことをなそうとする上で、必ず一言の反論がこれまでにあった。

忠介は、まだ成り立ての新米藩主である。その命令とあらば、なおさら異論があるのは当然だと、上司であるも天野の気持ちは憂いた。

前田に向けての天野の説明に、ときどき千九郎が補足をする。

「──なるほど」

千九郎が話をするたびに、前田は得心したように大きくうなずく。その仕草を、天野は不思議に思っていた。

一通り策を語り終えると、天野は前田の反論に気持ちを備えて待った。

しかし、前田からの異論はない。

「よき、案でござりまする」

むしろ、もろ手を挙げての賛同に、天野は肩透かしを喰らったような面持ちとなった。

このとき天野は、千九郎の上役である勘定組頭大場陣内の話を思い出していた。

『──どういう事情《わけ》ですか、前田様のおぼえがめでたく……』とか言っていた。

前田の異を唱えぬ賛同は、このあたりのことと関わりがあると天野は考えた。

「……なぜなのだ？」

──江戸留守居役が、なぜに末端家臣の肩をもつのだ？

答が知りたく、天野はその夜から眠れなくなった。

「ご家老さま、目が赤いようですが？」

数日後、千九郎は寝不足の天野に問うた。これを機会とばかり、天野は千九郎に問い返す。

「千九郎は、江戸留守居役である前田から覚えがよいようだが……？」

「ああ、それですか」

千九郎の顔に、ふと笑みが浮かんだ。

「前田様には、百両の金を貸してあるのです」

「なんだと？」

「前田様だけではありません。ほかにも……ですが、なかなか返してもらえませんで、困っております」

言うほど困ってはいない。千九郎は、むしろそれを弱みとさせて覚えをめでたくさせているのであった。

「なるほど。ならば、千九郎の言うことなら素直に聞くってことか」

得心をしたか、天野の顔はにわかに晴れていく。

――それにしても、この千九郎……。

武士にしておくには惜しい男と、ようやく天野もここで一目《いちもく》置く気持ちとなった。

一月《ひとつき》は経つのが早い。

季節は晩秋を迎え、いよいよ小久保忠介初めて参勤交代での江戸入りとなった。本来、八月の参勤と決められていたが、災害に見舞われたこともあり一月《ひとつき》の延期が許された。

先だって来たときは、大和芋を運んでのお忍びであった。しかし、このたびは違う。江戸に出仕の公務である。財政が潤う藩ならば、家臣を多数引き連れての大名行列であるものが、このたびの鳥山藩は違っていた。

「大名行列など、とんでもない。余計な金がかかるだけだ」

忠介の号令一過《いっか》、供の数は最小人数に絞られた。

「それでは、藩としての恰好がつきませぬ」

供人数は三十人と聞いて、家老の太田が諫言《かんげん》を放った。本来三万石あたりの大名ならば、少なくとも五百人の行列でもって江戸入りをするものだ。

「なんだい、その恰好ってのは？」

「道中での威厳を示しませんと……」

「そんなものは、どうだっていい。藩が潰《つぶ》れそうだってのに、何が威厳だ。五百人も金魚の糞のように連なっていったって、やたらと金がかかるだけだろうよ。そんな銭があったら、握りめしの一つもお百姓たちの餓鬼に食わせてやりな」

忠介は取り合わない。

「それにしましても、裃《かみしも》を着た大名行列がそれでは、鳥山藩はもの笑いの種に……」

「分かった。大名行列と知られねえよう、みな道中着の裃を脱いで野良着姿だ。それに、菅笠《すげがさ》を被《かぶ》れば分かりはしねえ。ああ、駕籠もなしだ」

「殿はどのように……？」

「ご家老が、心配することはねえ。それよっか、その三十人を走らすぞ」

三

鳥山藩の本陣は、日光道中の幸手宿《さってしゅく》である。

朝早く出立し幸手宿に泊って、翌日の夕方江戸に到着するのがいつもの参勤交代の日程であった。国への帰りも同様である。

そんな決まりごとを覆《くつがえ》し、忠介は鳥山と江戸の間およそ三十里の道を駆けどおしで貫くことにした。荷物といえば、行事のときに着込む正装が入った長持が二棹《さお》あるだけだ。それを荷馬車に積んで、忠介も荷台に乗った。陸尺《ろくしゃく》が担ぐ大名駕籠《かご》などない。

夕刻に出立し、夜中は野木《のぎ》あたりの神社の境内で二刻ほどの仮眠を取った。明六《あけむ》ツに利根川《とねがわ》を渡り、本陣がある幸手を通り越し、粕壁《かすかべ》に来たときには正午近くとなっていた。

およそ二十四里の道をほとんど駆けどおしで、粕壁まで来たのである。もう、一歩も歩けないと、家臣たちは疲れ果てていた。もってきた食料も、大利根川を渡る艀《はしけ》の上で食い尽くしていた。

いかに節約とはいえ、一昼夜で三十里はきつい。しかも、少ない食料でである。疲れた上に、腹も空《す》かせていた。

家臣たちが動けないからといって、けつを叩いてまで進まそうとは忠介はしない。自分は荷車に乗って、楽をしてきたのである。

藩邸まではおよそ六、七里。急ぎ足で行けば、暮《くれ》六ツまでに藩邸につけるはずの距離である。それがままならなくなって、忠介は考えた。

しばらく考え、忠介の脳裏にふと浮かんだことがあった。

「……この際、仕方ねえか」

長持の中に、将軍に献上するために名刀『相州五郎正宗《そうしゅうごろうまさむね》』作の脇差《わきざし》が入れてある。

小久保家に代々伝わる家宝であった。

「粕壁に質屋《しちや》はなかったか？」

日光道中の江戸から数えて四番目の宿場である。地場産業も栄えて、活気のある宿場であった。粕壁は旅籠の数も多く、人の行き交いもにぎやかである。

こういうところなら、質屋の一軒くらいはありそうだ。

質屋を探せということになり、三十人は疲れた足を引きずって探し回った。すると『質』と書かれた看板が家臣の目に止まった。

「殿、あそこに……」

「ここでは、殿と言うのはよせ」

忠介の形《なり》も野良着である。

「はっ。あそこに丸屋《まるや》という質の看板がかかっておりまする」

「よし……」

忠介は、右手に正宗の脇差を握ると『丸屋』という質屋に入っていった。

「まさか、殿は家宝の脇差を……？」

三十人の家臣は一塊《ひとかたまり》となり、不安そうな目で質屋に入る忠介を見やった。

江戸の町で、さんざっぱら遊び呆けてきた忠介である。質屋の主との折衝も、堂に入ったものだ。

「こいつで、そうだな二十両の金を調達してくれねえかい？」

二十両もあれば、用が済む。余計な金はここでは必要がなかった。

「拝見いたしましょう」

金糸織りの鞘袋《さやぶくろ》を解き、中から脇差を取り出す。茎《なかご》にある銘をたしかめてから、ためつすがめつ刀身を眺めたあと質屋の主《あるじ》は、再び鞘袋に納めた。そして、額《ひたい》の汗を拭いながら言う。

「これはどちらで手に入れましたので？」

野良着姿の忠介を、胡散臭《うさんくさ》げに見やる。

「当家に代々伝わるものだ」

「どちらのお家でございます？」

忠介に向けて問うその目つきは、明らかに疑いの眼であった。

「下野《しもつけ》は烏山の小久保家だ」

主に聞こえるだけの、小声であった。

「烏山……なんと？」

疑いの眼は、驚きの表情と変わる。

「まさか……」

「主は知っておったか？」

「野分で大変な被害を受けられたとは、噂で……ちょっと待ってくださいませ」

主は、脇にある扉を開けると外へと顔を出した。そして、すぐに戻ってくると、再び格子越しに忠介と相対した。

「もしや、あれがお大名行列で？」

「そうだ。金も日取りもかけられんでな、あのような格好をして鳥山から駆けどおしであった。無理が祟《たた》ったか、腹を空かした上に疲れが重なり、もう一歩も動けんと泣き言を言ってやがる」

「まったく不憫《ふびん》なことでございます。このお刀は、売れば二千両もくだらぬもの……」

「上様に献上しようと、これだけは売らずに取っておいた。だが、背に腹は代えられん。いっとき預けるので、これで二十両都合つけてくれぬか？」

「よろしゅうございますとも。二十両といわず、おいくらでも……」

お貸ししますと言う主の言葉を遮って、忠介は口にする。

「余計な金はもたんのでな。ところでこのあたりに、博労《ばくろう》はあるか？」

「馬を手配するのですな？」

「荷車ごと借りようと思う」

「それでしたら、この先を三町ほど東に行った……そうだ、博労の親方は手前の知り合いですから、一筆《いっぴつ》お書きしましょう」

すんなり馬と荷車が手に入るよう、紹介文を認《したた》めてくれた。

質屋の主から、馬の貸し出しから売買をする博労のありかを聞き出し、二十両の金を受け取ると忠介は家臣のもとへと戻った。

「……お偉いお大名もあったものだ」

鞘袋に納められた脇差を眺めながら、丸屋の主はふと呟いた。そして両手で頭の上まで脇差を掲げ、拝礼をすると鳥山藩主小久保忠介の行為を敬《うやま》った。

粕壁宿の煮売り茶屋で、腹いっぱいの食にありついた。

丸屋の主の仲立ちもあり『豊田組《とよたぐみ》』という博労で、馬四頭と荷車二台を十五両で借り受けることができた。貸すだけならこれほどはいらないと、豊田組の親方がつき返すのを忠介は聞き入れなかった。

「おかげで助かる。その礼も兼ねてだ」

「ならば、馬子《まご》を三人つけましょう」

馬の手綱《たづな》は、豊田組の人足である馬子がとってくれるという。

「助かる。礼を言うぞ」

鞣革《なめしがわ》を着て、髭《ひげ》もじゃの親方に、忠介は深々と頭を下げた。

「よしてくだせえ、おと……」

「その先は言わんでくれ」

忠介に封じられ、親方の口は閉じた。代わりに小さくうなずきを見せた。

鳥山藩主忠介と、家臣三十人の一行は三台の荷車に分かれて乗って、江戸へと向かう。

荷車三台が大名行列などと、誰も気づきはしない。道端にひざまずく者もなく、草《そう》加《か》から千住《せんじゅ》へは快適な旅となった。

小久保忠介、大名としての初めての江戸入りであった。

参勤交代は、江戸に入ると行列を整えなくてはならない。だが、小久保忠介はそんなことはおかまいなしだ。そんな無駄なことはできるかいと、大名の立場を隠して江戸へと入った。

そんな鳥山藩主の動向に、幕府隠密が目をつけているとも知らずに——。

三台の荷車が、鳥山藩上屋敷の門前に着いたのは、お天道様が西に沈みかけたころであった。暮六ツにはいく分ときがある。

三人の馬子にいくばくかの駄賃を与え、二台の荷車は粕壁へと戻っていった。

門番が、二人立っている。

忠介と三十人の一行を見ても、なんの動きもない。菅笠を被った野良着姿の集団を、怪訝そうな目で見やっている。

「おれを忘れたかい？」

菅笠を上に押しやり忠介は、門番に近寄り小声で話しかけた。

「あっ！　おい、門を開けろ」

門番は忠介と気づいたか、もう一人の門番に声を飛ばした。

観音開きの正門が、ギギーッと鈍い音を鳴らして静かに開いた。

「よし、入ろうぜ」

正門を潜《くぐ》り、忠介たちは出迎えのないまま玄関までの石畳を徒歩《とほ》で歩いた。

「これは……？」

玄関先に着いた忠介は、まずは目を疑った。

唐破風《からはふ》の、厳粛な意匠の屋根に看板が掲げられている。そこには『夢御殿《ゆめごてん》　鳥山』と書かれてある。庇《ひさし》の下には、紅白の提灯《ちょうちん》が交互に連なってぶら下がっていた。

提灯にはすでに明かりが灯《とも》り、一見遊郭の雰囲気をかもし出していた。

鉢巻を巻いた家臣が、客の呼び込みをしている。

「これは、団体さんで……ようこそ、夢御殿に」

揉み手をしながら、忠介の一行に近寄って来た。

「藩邸札はおもちで？」

藩主の顔を知らない末端の家臣であった。

「いや、もってはいない」

忠介は、身分を明かさず相対をした。

「でしたら厩《うまや》の脇に、番衆《ばんしゅ》小屋がありますから、そこで藩邸札をお求めくださいませ」

三両ほど残っている。忠介はその三両を、藩邸札に換えた。三十人の家臣たちには、知れるまで絶対に身分を漏らすな、そして一言も口を利くなと厳命してあった。

四

客の振りをして、忠介は玄関を入った。

三両分では、半分の十五人しか入れない。

――意外とぼったくっておるな。

忠介の、第一感であった。

「接待女はいらねえよ。せっかく国元から来たんだ。三十人を呑ませてやってくれねえか？」

「仕方ございませんね。それでしたら……」

忠介の交渉は叶《かな》った。

門番以外、まだ藩主の江戸入りを気づいている者はいない。忠介はできるだけ、惚《とぼ》けることにした。

「……ずいぶんと、派手にやってやがるな」

あちらこちらの部屋から、嬌声が聞こえてくる。

「団体さんは、こちらのお部屋です」

忠介の呟きに気づかず、客引きの家臣は国元の一行を、何もない畳だけが敷かれただだっ広い客席に案内した。そこは、士分以上の家臣一同がそろう大広間であった。

「それではここで、少々お待ちください」

「兄《にい》さん……」

部屋から出ていこうとする客引きに、忠介は声をかけた。

「兄さんとは拙者……いや、手前のことでしょうか？」

「そうだ。すまんが、大番頭を呼んできてくれんか」

客だから、居丈高《いたけだか》のもの言いは仕方ない。藩主とはまだ気づいてはいない。

「大番頭と申しますと……？」

「千九郎ってのがいるだろ。皆野って姓だ」

「遣り手の大番頭ですね。ちょっと待っててください、今呼んでまいります」

「頼むぜ」

客引き家臣が出ていったあと、国元家臣が不思議そうな顔をして忠介に問いかける。

「殿、これってのは……？」

「藩の財政立て直し策だ。それにしても、江戸藩邸の本殿の玄関先に提灯をぶら下げとくとは、思ってもいなかったぜ」

「なんですか『夢御殿　鳥山』とか書かれてありましたが……」

家臣の一人が言ったところで、近くの部屋から三味線と太鼓の囃子《はやし》が聞こえてきた。

その音の調子に合わせて、唄声も聞こえてくる。

〽鳥山よいとこ一度はおいで
雨にも負けず風にも負けず　黄金《こがね》の稲穂がたなびくところ
女よいよい情《なさけ》にあつい　熱い心でおもてなし……

その、にぎやかなこと。

「あの音曲は、鳥山音頭ですな」

「ああ、そうだ。藩に活気が戻ってきたようだな」

さすがに表玄関の、紅白の赤提灯はやりすぎだと端《はな》は思ったものの、今の忠介の気持ちはいく分違ってきている。

——どうせやるなら、あのぐらい徹底しねえといけねえな。

これも財政立て直しと、大目にみることにした。

「お待たせしました……」

矢絣《やがすり》の小袖を着込んだ十人ほどの御女中たちが、銘々膳を三段に重ねて運んできた。膳が十五人ずつ、二列にきれいに並べられる。

「これは、ご主人様用でございます」

上座に一人分、ポツンと膳が置かれた。

ご主人とは言うが、主君とまでは言わない。忠介のことを国元のお偉方だろうと、御女中たちは見ていた。

全員野良着姿なので、御女中たちの受けはよくない。

「それでは、あたしたちはこれで……」

酌一つせず、御女中たちは下がっていった。

「……なんだか、接客がよくねえな。それに、矢絣も艶《いろ》っぽくなくていけねえ」

忠介が呟いたところで、襖《ふすま》が開いた。

「おお……」

こっちに来いという忠介の手招きに、千九郎の驚く顔があった。

「……殿」

客が誰とは聞いてはいない。参勤交代で、こんなに早く忠介が来るとも思ってはいなかった。

「お出迎えもせずに……」

　失礼しましたと、千九郎は畳に拝して詫びを言った。

「いいんだ、そんなこと。こっちもたった三十人の大名行列だったからな。それよりも、早く話を聞きてえな。ずいぶんと、派手にやっているようだが……」

「かなり、活気が出てまいりました。御座の間にご家老と留守居役様がおられます」

「よし分かった」

　と言って、忠介は立ち上がる。

「みんなは、ゆっくり呑んでな」

　千九郎の案内で、忠介は別部屋へと移った。

　江戸藩邸へ報せもしていなかったので、出迎えのない参勤交代であったが、忠介はそれなりに満足していた。

　大名などとふんぞり返っていては、家臣とその家族、そして領民たち親子を合わせて五千人もが路頭に迷うことになるのだ。

　なんとかして、全員が腹いっぱいめしを食えるようになるのが、藩主忠介の望みであった。

御座の間に家老の天野と江戸留守居役の前田が控えている。

裃姿で、忠介を出迎える。本殿の、ここまで奥にくれば音曲も聞こえない。

「ずいぶんと派手な飾りつけだったたな。表玄関の提灯には、驚いたぜ」

「あのくらい、徹底しませんと……」

忠介の話に、千九郎が応えた。

「夢御殿は盛況でございまして、こんな楽しいところはないと、家臣たちは喜んでおりまする。本務のほか副業に精を出し、稼いだ金を藩邸札に替え夜は外出もせずに夢御殿で遊んでいきまする」

天野が現況を説いた。

「それで、今はどのくらい換金できている？」

忠介が、一番知りたいところであった。

「今のところ、五十八両ばかりかと……」

「それっぽっちか……？」

たいしたことはないと、忠介の顔にいく分失望の色が浮かんだ。それには千九郎が諫言《かんげん》する。

「まだはじめたばかりですし、鳥山藩の家臣だけを相手では、たかが知れております」

千九郎の話のあとに、江戸留守居役の前田が引き継ぐ。江戸留守居役は、他藩との外交に通じる役職である。

「黙っていろと言いましても、噂は外に漏れるものですな。今では他藩の家臣たちまでが聞きつけまして、夢御殿で遊びたいなどと……ですが、屋敷の中に他藩の者を入れてはまずいだろうと、今は門前で止めております」

「そんなきれいごとを言ってる場合じゃねえだろ。いいじゃねえか。じゃんじゃん中に入れて、少しふんだくってやれば。家臣たちより、藩邸札を高く換金させてやりな」

屋敷の中を探られることより、財政の立て直しが先であると忠介は説いた。

「でしたら、殿……」

前田が、諫言をする。

「他藩のお偉方が誰かを接待する場として開放してあげたらいかがでしょう。他藩の留守居役と話をしてますと、料亭は高くつくと嘆く声も聞こえておりますし、どうせやるならそこまでするってのはいかがでございましょうか？」

居酒屋以上、料亭未満の格式でやればもっと流行《はや》ると前田は説く。

「なるほど。そうなれば、かなりの利が見込まれるな」

「殿……」

忠介と前田のやり取りに、口を挟んだのは千九郎であった。

「なんだ、千九郎？」

「それをしますと、藩邸札では不備が生じるものと思われまする」

藩邸札は、鳥山藩の江戸上屋敷内だけで使える金である。一枚が百文札《もんふだ》に一朱札《しゆふだ》、そして一分札《ぶふだ》の三種類作ってある。

一分札四枚で一両分。一朱札は十六枚で一両分である。百文札は、百文緡《さし》一束で交換をする。

使える貨幣を藩邸札にしたのは、前金という制度であるからだ。すぐに現金化できるし、札を発行した以上、使おうが使うまいが勝手である。一度換金したものは、引き取らないと条項に書かれてあった。未使用分は、丸々儲けとなる仕組みである。

「藩邸札は、あくまでも家臣だけが買えるものにしませんと……」

「どうなるってのだ？」

末端の家臣に反対されては、江戸留守居役としては面白くない。不機嫌そうな前田の顔が千九郎に向いた。

借金をしているので、前田は千九郎に弱い。返却期間を延ばしてもらっているだけになおさらだ。だが、藩政となれば身分の違いを示さねばならぬと、そこは割り切りをみせた。

「一分札の藩邸札をどんどん作って、他藩の重鎮に売り捌《さば》けばいいではないか。百枚、二百枚単位で売れるぞ」

「それはよろしいのですが、いささか……」

「いささかなんだと申す。遠慮なく言ってみよ」

地位が前田の口を荒くする。藩主の手前、威厳を見せようと余計に声が大きくなった。

「とにかく、藩邸札は外部には出さないほうがよろしいものと……」

「殿はどう思われまする？　先ほどはじゃんじゃん中に入れて、少しふんだくってやればとか申されておられましたが」

前田が忠介に顔を向けて、諫言をする。

「ここは留守居役の言うとおり、一気呵成《いっきかせい》に盛り上げるのが妥当だと思いますが」

家老の天野が、前田を押した。

重鎮二人は行け行けの乗りであった。

千九郎は、ここで慎重を期す。忠介も迷いが生じていた。

「今しがた千九郎は、藩邸札を外に出さないほうがいいと言ったが、なぜだ？」

「勝手に藩邸札なるものを作ってよいものか。藩邸内だけで動かしている分でしたら、幕府からとやかく言われようがございませんが……」

外に出したら、どれほどの咎《とが》めがあるかもしれないと、千九郎は説いた。

「なるほどな、千九郎の言うことには一理ある。よって、前言は取り消す。藩邸札は、藩内の者だけが購入できるものとして、もち出しは駄目だ」

忠介は、千九郎の話に乗った。そこまで下級藩士に肩をもつ藩主に、留守居役としては面白くない。天野と前田は苦渋の顔となった。

五

夢御殿以外にも、藩邸内にはいろいろな簡易の店ができていた。

鳥のさえずりで目を覚ました忠介は、中庭へと足を向けた。すると、庭に近づくにつれ人の声が大きくなって聞こえてくる。

戸袋側で、一枚分の雨戸が開いている。忠介は、そこから中庭を見やった。

忠介の目にまず飛び込んだのは、戸板に載った野菜や果実の類《たぐい》であった。

妻帯者の家臣が客となり、独り者《ひと》の家臣が売る側に回っての朝市であった。へたな青屋《あおや》よりも品ぞろえは豊富であった。

「殿……」

忠介の背後から声をかけたのは、千九郎であった。

「おお千九郎か。朝早くからご苦労だな」

まずは、千九郎を労《ねぎら》う。

「ずいぶんと、盛況じゃねえかい」

「はい、秋山さんや松尾さんたちが張り切っておられるものですから……」

暗いうちから千住のやっちゃ場や、日本橋の魚河岸《うおがし》に行って野菜や鮮魚を仕入れてくるのは、大和芋のときに選ばれし六人衆の労苦だと千九郎は説いた。

それを売りに回るのは、若い家臣たちである。給金は、藩邸札で支払われるので、実質藩のもち出しはない。

店での支払いは、むろん藩邸札である。文《もん》銭や小粒銀はここでは使えない。お釣りは出さないとの触れ込みなので、客側は百文単位でものを買う。半端が出たら、藩の窮乏を助けるものだとして寄贈に回せば、支払うほうも腹が立たない。

庭の片方に目を移すと、そこには人だかりができていた。

「あれは何をしているものだ？」

「若い家臣たちのために、握りめしや汁物を売っております」

朝めしを買い漁《あさ》っている、と千九郎は説いた。

町屋娘に扮《ふん》した御女中が二人して、客の相手を務めている。

「お客さま、きょうの茄子《なす》の漬物は美味《おい》しいですよ」

衝動買いを促す、そんな声まで聞こえてくる。

「傍《かたわ》らには黄双紙本や褌《ふんどし》ばかりでなく酒、煙草《たばこ》なども置いてありまして、ここに来れば身の回りのものは一通りそろうといった店でございます」

「ほう、便利な店だな。藩邸内だけでなく、外にそんな店を作ったらどうだい？　よそがやる前に……」

「それは、考えております。朝は明《あけ》六ツに店を開け、宵《よい》の五ツまで営む『朝宵屋《あさよいや》』って屋号はいかがでしょうか？」

「千九郎は、そんなことまで考えているのか？　だったらさっそく……」

忠介は乗り気となった。

「ですが殿、考えるのはやさしいですが時期はまだ尚早《しょうそう》と。藩邸内で、いろいろと試してみてからでも遅くはないと……」

商いに、逸《はや》りは禁物と千九郎は説く。

「千九郎の言うことは、いちいちもっともだな」

忠介は腹の底から得心をした。


忠介と千九郎のやり取りを、うしろから聞いてる者がいた。

話が途絶えたところで、声がかかった。

「殿、こんなところにおられたのでございますか？」

振り向くと、江戸留守居役の前田が立っている。

「千九郎もおったのか」

「はい、殿に朝市の話をしておりました」

「これからは、身共《みども》が殿のお相手をする。下がってよいぞ」

大名である忠介には、藩主としての役目がある。そこは千九郎が立ち入ることのできない、別の世界であった。

千九郎が去ったあと、忠介は御座の間に戻ると寝巻きから着替えた。野良着姿ではなく、紋付羽織に袴を着用した姿で一段高い御座に座った。紋付羽織といっても、絹糸はいっさい使っていない、煤《すす》けた色のものであった。

公務との見境だけはつける。

下座に拝しているのは、家老の天野と留守居役の前田であった。

藩主となって初めての江戸詰めである。何をしたらよいのか、ここは天野と前田の言うことを聞く以外にない。

「きょうはゆっくりとお体を休め、明日《みようにち》は十五日の月次《つきなみ》登城の日でございまする。上様と謁見し……」

忠介としては、大名として生まれて初めての将軍との謁見である。作法のいろはを天野と前田から教わる。

毎月一日と十五日は、定例の登城日と定められている。そのほかは正月三が日と五節句、謡《うたい》始め、嘉祥《かしよう》（六月十六日）、八朔《はつさく》（八月一日）、玄猪《げんちよ》（十月亥《い》の日）などが年中行事として大名、旗本の登城日となっていた。

天野から、これから一年間の登城日を聞かされ、忠介は憂鬱となった。

「……面倒くせえなあ」

脇を向き、忠介は呟《つぶや》きを漏らした。

「嘉祥と申しますのは、東照大権現《とうしようだいごんげん》様が初めて江戸入りされた日とされ……」

「もういいから、ご家老。ともかく千代田城に登ったら、粗相のないようにすりゃいいんだな」

「御意《ぎょい》。とくに、そのお言葉を改めませんと」

「分かってるよ。おれだって、馬鹿じゃねえ」

と言っていながら、忠介はふと思うことがあった。

登城日を頭の中で勘定すると、年間四十日もない。残りの日は、何をしていてもよい日なのである。大概の大名ならば一日を政務でこなすのだろうが、今の鳥山藩では財政立て直しが一番の急務である。

——登城日だけを気をつけて、あとは何をしてても……。

いいのかと、ほくそ笑む。

「殿、何がおかしいので……？」

「いや、なんでもねえ。話は分かったから、もう下がりな」

天野と前田が去っていくと、忠介は御座の間の上段でゴロリと横になった。

「藩邸札か。面白えことを考えやがるぜ」

忠介は独りごちると、頭の中に昨夜聞こえてきた鳥山音頭の旋律が蘇《よみがえ》った。

「雨にも負けず風にも負けず　黄金の稲穂がたなびくところってか……」

唄の一節を口ずさむ。

「負けちまったら、なんにもならねえぜ。勝負はこれからだ」

決意を新たにしたところで、きのうの旅の疲れが残っていたか忠介に睡魔が襲ってきて、その朝は二度寝となった。

六

翌日の九月十五日は、月次登城の日である。

出がけに家老天野と一悶着《ひともんちゃく》があった。

「殿、御駕籠《おかご》に乗ってご登城なされ」

徒歩で行くといって聞かない忠介を、天野と側用人《そばようにん》が必死で説き伏せる。

「かりにも殿は、小久保家三万石の譜代《ふだい》大名なのですぞ。槍持ちを先頭に……」

「そんなのは、いらねえよ。戦《いくさ》に行くのじゃねえからな。それと、供侍《ともざむらい》も五人でいい。そんな暇があったら、外に行って稼いできな」

供人数のほうは、忠介に押し出される恰好となった。

前後三人ずつの陸尺《ろくしゃく》で、忠介の乗った大名駕籠が担がれる。黒塗惣網代棒黒塗《くろぬりそうあじろぼうくろぬり》の駕籠は、ところどころの塗りが剝げ相当に傷んで古くさくなっているが、忠介は頓着がなかった。

その質素な行列は、見るからに藩の窮乏を物語っている。

「ありゃ、どこの藩のお大名だい？」

江戸の町民も、定例の登城日なので大名の移動であることは分かる。そのみすぼらしさに、人々の目が向いた。駕籠の屋根に小久保家の紋どころがある。

「三つ巴の紋は、小久保家だぜ。するてえと、鳥山藩……？」

「国が野分《のわき》に襲われたって、あの藩か？　だったら、行列が貧弱なのも仕方ねえ」

町人たちの噂は、鳥山藩に寛容であった。


忠介の待合詰所は、白書院帝鑑《ていかん》の間である。

大名の格付けにより、詰所が決まっている。小久保家、戸田《とだ》家、堀田《ほった》家など譜代六十家に与えられた詰所であった。

茶坊主に案内されて、冠《かんむり》を被り長袴《ながばかま》を穿《は》いた忠介は白書院帝鑑の間へと入った。

新参者なので、部屋の隅《すみ》に座を取った。

すでに、先乗りの大名たちが数人かたまって雑談に興じている。

「あの方たちに、ご挨拶をなされたほうが……」

　よろしいですよと、茶坊主から小声で促され忠介は、面倒くさいと思いながらも立ち上がり、数人のかたまりに近づいた。

「ご歓談のところ、失礼いたしまする」

　遊び人風の伝法《でんぽう》な口調は奥に隠し、まともなもの言いとなった。

「おお、これはどちらさまで？　お初にお目にかかりまするな」

「このたび、下野は鳥山藩を継ぎました小久保忠介と申しまする。どうぞ、よしなに――」

　膝に手を置き、忠介は作法どおりの挨拶をした。

「これは、小久保殿。このたびは災難でございましたな」

　国元の、災害のことは江戸城内にも知れ渡っているようだ。

　真っ先に話しかけてきたのは、いかにも古参といった大名であった。胸についた紋どころを見ると、内藤《ないとう》家と知れる。

「そういえば登城の際に見かけましたが、供侍がたった五人で。それにしてもずいぶんと古ぼけた駕籠に乗ってまいりましたな」

　火熨斗《ひのし》がピシッとかかり尖った裃の先を回して、振り向いたのは忠介よりも若い大名であった。

「おや……」

忠介の見知っている大名であった。

「久しぶりですな、忠介殿」

忠介の顔を見て、ニタリと笑ったのは隣国宇都宮《うつのみや》藩主戸田忠温《ただはる》であった。すでに、四年ほど前に七万七千石の家督を継いでいる。

二人の再会は五年ぶりであった。

忠介は懐かしいものでも見るような眼差しであったが、忠温は違う。心の奥に憎悪を抱くような目つきであった。

「鳥山藩の藩主になられたのですか。それはそれは、おめでとうございまする」

忠温の口調には、皮肉が込められている。忠介の鳥山藩主の就任は、すでに行き渡っているはずだ。藩主着任早々に大災害に遭い、先に見舞いの言葉が出るのがあたり前である。

「これからも、よしなにお願いいたしまする」

忠介は、作法どおりに頭を下げた。その下がった頭に、さらに忠温の辛辣《しんらつ》な皮肉が飛ぶ。

「それにしても、忠介殿。いかに藩が窮乏に見舞われたとはいえ、上屋敷の表玄関に紅白の提灯《ちょうちん》をぶら下げるとは、奇想天外な発想でございまするな」

「ほう、紅白の提灯と。それはして、なぜに……？」

二人のやり取りを聞いていた堀田相模守《さがみのかみ》、内藤備後守《びんごのかみ》などが身を乗り出して訊いてきた。

「なんですか、藩邸では一風変わったことをして財政の立て直しを図っておるとのことです。なんとも、嘆かわしい……」

忠介に、なんとか恥をかかそうと忠温も必死である。

「一風変わったこととは？　戸田殿、お話しなされ」

将軍謁見には、まだ間がある。堀田相模守が興味深げに、さらに身を乗り出した。

「わが家臣の話によりますと、夢御殿とかなるいかがわしい見世《みせ》を作り、腰元衆に酌をさせたそのあとは、夜伽《よとぎ》をさせるとのことでありまする」

「腰元に夜伽をさせるですと？　それではまるで遊郭……」

「その、遊郭まがいのことを上屋敷でいたしておるそうでございまする」

忠介の面前で、忠温はまくし立てた。

「それは、本当でござるか？　鳥山殿……」

内藤備後守が、片膝を立てて訊いた。

「腰元衆に酌をさせるのはたしかですが、夜伽まではさせておりません」

「断じて言えるであるかな？」

「はい、断じて」

備後守の更なる追及に、忠介は胸を反らして答えた。

「夜伽のことはともかく、上屋敷の正面玄関に提灯をぶら下げて、いかがわしき見世を商うのはいかがなものでしょうか？」

忠温が、場にいる大名の誰彼ともなく問いかけた。

「それは、まずうございましょうなあ」

阿部《あべ》家の紋どころを裃に印《しる》した若い大名が、うなずいて答えた。

「不埒《ふらち》であることは、充分に承知いたしております。ですが、これはわが藩内でのこと。未曾有《みぞう》の財政困難に陥り、挙句《あげく》に取った起死回生策であります。今、わが藩では家臣全員が一丸となって、立て直しを図っております。その一環として……」

「まあよい、小久保殿」

口角《こうかく》泡を飛ばして論じる忠介を止めたのは、長老にも見える内藤備後守であった。

「鳥山藩の惨状はわが耳にも届いておる。国元では飢えを凌いで、藩士と領民が一体となって復旧に励んでいるとのこと。まことと、痛み入る。その窮状に手を差し伸べることなく、見てみぬ振りをしている近隣の藩のほうがむしろいかがなものかと」

備後守の鋭い眼光が、忠温のほうに向いた。風向きの変わり具合に、忠温がたじろぐ。

「見てみぬ振りなどと。わが藩も、相当な被害を蒙《こうむ》りまして……」

「だが、水害までは見舞われんかったでありましょう？」

堀田相模守までも、忠介の肩をもつように口を出した。

「それは、まあ……」

鳥山藩と比べたら、宇都宮藩の被害は軽微であった。忠温が口ごもる。

「いかがでござるかな、戸田殿。どうせなら、ここでも見てみぬ振りをなされては。思う存分、鳥山藩に儲けてもらいなされ。のう、堀田殿もそうお思いでございましょう？」

「いかにも、内藤様の仰せのとおり……」

二人の長老が、顔を見合わせて笑いを含めた。

この日の夕、大名を観察・統制する幕府の要職である大目付小笠原重利《おがさわらしげとし》のもとに一人の来訪客があった。

「これはこれは内藤様。八万石のお大名がお忍びで来られるとはお珍しい」

錣頭巾《しころずきん》を取って顔を見せたのは、内藤備後守であった。

「大目付役の小笠原殿の耳に入れておきたいことがございましてな。実はこの日……」

内藤備後守は、白書院帝鑑の間で聞いたままを語ろうと話しはじめた。

「なんですか、鳥山藩は藩邸内に夢御殿なるいかがわしいものをつくり……」

だが、すぐに大目付から止められる。

「そのことでしたか」

「おや、大目付殿はご存じで？」

「そのくらいのことを知らなければ、とてもこの役は務まりませんからな」

「となりますと、隠密を……？」

「はいそうですとは、立場上言えませんでな」

言葉を濁し、小笠原は含み笑いを浮かべた。そして、話をつづける。

「先だっての、参勤交代の行列なんぞ酷《ひど》いものでしたぞ。荷車でもって……あまりにも大名として見苦しいので上様に言上《ごんじょう》したのですが、一言『捨ておけ』とのこと。藩邸札なるものを発行しているのも……」

「すると、幕府では見てみぬ振りをなされておるのですか？」

「まあ、今のところそういうことですな」

「鳥山藩への、上様の温情ということですかな？」

「ふふ……上様の考えることはなんともたいしたものでな」

不敵な笑いを含ませて、小笠原は言う。

口では忠介を焚きつけ、気持ちは裏腹であった内藤備後守は肩透かしを食った格好となった。

「ところで備後守殿、お頼みしたいことが……」

「はあ、なんでございますかな？」

「ちょっと、お耳を……」

近づけさせて、大目付から譜代大名に頼みごとが語られる。

「……というわけで、鳥山藩を助けてやってはくれませんかな」

「かしこまりもうした。百両ぐらいなら、情けのある藩なら出しもしましょう。明日からさっそく……」

大きくうなずき、内藤備後守は大目付の前で錣頭巾を再び被った。

藩邸札が大幅に動きはじめたのは、それから四日ほどしてからであった。まずはじめに藩邸札を買いに来たのは、備後臼《うす》杵《き》藩稲《いな》葉《ば》家の勘定方を務める家臣であった。

「ここで、藩邸札なるものを発行しておると聞きましたが……？」

「はあ……」

藩邸札発行役は、松喰虫退治役であった村井小次郎である。村井は他藩家臣のいきなりの問いに、訝《いぶか》しそうな顔を向けた。あくまでも藩邸札は、邸内だけでの発行である。

「ちょっとお待ちくださいませ」

自分ひとりの裁断では受けかねると、村井は千九郎のもとに行った。やがて千九郎を連れて村井が戻ってくる。

「お待たせいたしましたな」

あとは、千九郎とのやり取りとなった。

「拙者、備後臼杵藩の者ですが、このたび殿の言いつけで鳥山藩の藩邸札を百両分購入してこいと言われまして……」

「なんと、百両分……ですが、他藩の方にはお売りしないと決めておりますので」

千九郎のやり取りを、村井は黙って聞いている。

「どうやら、幕府の方から『温情あるなら鳥山藩を助けてやれ』と、暗《あん》にお触れが出たらしく……」

「なんですって？　幕府から……」

寝耳に水の話であった。暗にということは、大々的な触れではないものの、これほどありがたいことはない。幕府公認となれば、大手を振って発行できる。

備後臼杵藩稲葉家の家臣に百両分、一分札で四百枚を売る最中にまたも購入の来客があった。

秋田《あきた》藩は佐竹《さたけ》家の家臣である。

「当家にも百両分、売ってくだされ。場所が近いのでな、家臣みな夢御殿を楽しみにしておる」

この日は二藩だけであったが、二百両の売りをみた。

七

千九郎は、忠介と御座の間で面談をした。

「なんと、幕府から暗に触れが出たと？」

報せを聞いても、忠介の顔色は晴れない。千九郎は、忠介の肚の内を読んだ。

「はっ。もしかすると、大変なことに……」

いっときは喜んだものの、千九郎の顔色も冴えない。

「こうなりますと、藩邸札をどんどん増刷しないと間に合わなくなります。それと、夢御殿も大忙しに……」

他藩から、客が押し寄せてくる。そのもてなしに不備があってはならないと、その対処に千九郎は憂えた。

「殿、お女中を増やし小書院のほうも解放せねば……」

「ああ、そうだな」

忠介の答えは生返事であった。顔はあらぬほうを向いて、考える仕草であった。そこに、ドヤドヤとした足音が聞こえてきた。

家老の天野と留守居役の前田、そして勘定組頭の大場陣内の三人が血相を変えて入ってきた。みな、顔は上機嫌である。

「殿、お聞きになりましたか？」

「ああ、千九郎から聞いた」

「それにしても、これほどありがたいことは……」

ございませんとまでは、涙ぐんで天野は言えない。

藩邸札の外部持ち出しは千九郎によって反対されたが、幕府のお墨つきがあれば天野や前田としても鼻高々である。

「これ千九郎、どんどんと藩邸札を作ってじゃんじゃんと売れ」

忠介をさし置いて、天野が千九郎に命じた。

「ところで、大場陣内とかもうしたな」

忠介の顔が、大場に向いた。

「はっ……」

ひれ伏す大場に藩主の命令が飛ぶ。

「勘定方組頭は横山隆《よこやまたか》之《の》進《しん》に任せ、そちは千九郎を補佐せよ」

勘定方にあっては、大場は千九郎の上司であった。三十人の配下を率い、大場はその長である。千九郎の立場は、その末端に位置する。本来ならば、直《じか》に口を利けぬほどの身分の隔たりがあった。だが、この日をもって、その身分は逆転する。

鳥山商店では千九郎が大番頭ならば、上司であった大場は番頭として下につけとのことである。

忠介から人事を聞いて、天野と前田の反論があった。

「勘定方組頭の役を干してまで、末端の家臣の下につけるなど、いったい殿は何を考えておられなさる?」

「いかにも、ご家老のおっしゃるとおり。殿は身分というものを、いかにお思いで……?」

袴を引きずり、天野と前田が足を一歩繰り出し直訴する。

「何を言ってやがる。文句があるなら、あんたらも罷免するぞ」

忠介の一喝《いっかつ》に、重鎮たちの体がうしろに引いた。

「千九郎をだな、これまで大場はどう扱ってきた? 算盤の珠《たま》を弾いて勘定させるのではなく、算盤そのものを……まったく、何をさせていやがった」

これには重鎮たちも二の句が告げない。

さらに忠介は畳みかける。

「大和芋を売るにあたって、十人を選び出せとおれは言ったな。そのとき、よりによってどんな奴らを連れてきた。みんな閑職についた者ばかりじゃねえか。あまりにも人選がいい加減じゃなかったかい。おれの話を、どうせつまらねえものと思ったんだろうよ」

「いや、それは……」

ありませんでしたと、天野が手を振り前田が首を振る。大場は畳に伏せて震えている。

「もっとも、今じゃそいつらが一番役に立ってるってのは皮肉だぜ。言い得れば、瓢《ひょう》箪《たん》から駒ってやつだな。そんな、千九郎がもつ才覚ってのを見くびっていたのは、上司としての罪は重いぜ。本当の役立たずってのは、そういうことだ」

天野と前田が畳に伏せ、大場の左遷が決まった。ついでにと、千九郎を正式に次席に抜擢した。忠介の一喝で千九郎の身分は、江戸留守居役である前田より上となった。

それから十日ほど過ぎた。

その間、遠くからも藩邸札を買いに来る。

薩摩《さつま》藩島津《しまづ》家は三田《みた》、熊本《くまもと》藩細川《ほそかわ》家は、わざわざ高輪《たかなわ》から買いにきたほどだ。

「――わが藩は遠いので藩邸札を使うことはできぬが、少しでもお役に立てればとの殿の仰《おお》せだ。困ったときはお互いさまだからのう」

細川家家臣の話を聞いて、忠介は深く頭を下げたものだ。

御三卿《ごさんきょう》の清水《しみず》家や田安《たやす》家も、噂を聞きつけ買いに来た。

御三家である水戸《みと》、尾張《おわり》、紀州《きしゅう》徳川《とくがわ》家からはそれぞれ二百両分を購入してくれた。

忠介が、天野と千九郎を前にしている。

「これほど鳥山藩に情けをかけてくれる大名が多いとは、お釈迦《しゃか》様でも思わなかったぜ。しかしなあ……」

好事魔《こうじま》多し。素直には喜べぬ忠介であった。

「殿、浮かぬ顔でありますが、どうされました?」

天野が、忠介の顔をうかがうようにして訊いた。

「いや、あまりにもことが順調で……」

「殿らしくもございませんな。すでに、六千両近くの売りを見ているのですぞ。しかも、藩邸札を使用した藩は近在のところだけ。ほとんどが、未使用ってことでして……」

まったくの丸儲けだと、天野は喜ぶ。

「……ならばいいんだが」

脇息に体を預け、忠介はふっとため息を漏らした。

この時点で御三家、御三卿をはじめ五十の藩の購入があった。

「ところで、殿。売りが五千両をとうに超えましたので、策を出した吉本新八郎に褒美の千両を……」

千九郎が口を挟んだ。

「そうだな。ならばあさって……」

吉本を目通りさせ、千両の目録を授けることにすると言う。

目録には、月に十両ずつ百回に渡り支払うとの内容が記されている。

家臣が持ちつけぬものをもっては、ろくなことがないとの配慮であった。

そのことが、千九郎によって吉本新八郎に伝えられる。飛び上がるほど、吉本が大喜びしたのは言うまでもない。

月が替わり、十月一日のこの日は月次登城である。

千代田城への登城も二度目となれば多少は慣れてくる。忠介が白書院帝鑑の間で将軍との謁見を待つところに、そそとした足取りで茶坊主が近づいてきた。

「小久保様、別間で大目付の小笠原様がお呼びでござりまする」

茶坊主が忠介の耳に小声で告げた。

「大目付が……？」

何用だろうと、忠介の口から声が漏れた。

「上様とのご謁見にはまだ間がございますので、お早く……」

せっつく茶坊主に、忠介は怪訝《けげん》な思いで立ち上がった。

「こちらです」

茶坊主に案内され、大目付小笠原重利が待つ別間へと移る。

このとき白書院帝鑑の間には堀田相模守、内藤備後守、阿部河内守《あべかわちのかみ》が控えて話を交わしていた。少し離れたところで宇都宮藩主戸田忠温が、三人の話に耳を傾けている。

「財政が逼迫《ひっぱく》している折の出資はきついものがありましたが、上様の仰《おお》せとならば仕方なくわが藩も百両つき合わせていただきました」

忠介が帝鑑の間から出ていくや、阿部河内守が話題に出した。

「上様はなんと心の広いお方でございましょうな。そのお気持ちにほだされたでござる」

阿部がつづけて言った。

「まったくもって然《しか》り。話に聞きますと、鳥山藩にはすでに一万両を超えた利益をもたらせたとのことですな」

話に尾ひれがついている。堀田相模守が嫉妬《しっと》めかしに口にした。

「ほう、そんなにもでございますか。

買うのをやめとけばよかったと、若い阿部河内守が口ごもりながら言った。

二人の大名の話を、内藤備後守が聞いている。そして、おもむろに口にする。

「それにしても心お優しき藩主が多きことよ。その恩に鳥山藩は報いなくてはならんでしょうな。はてさて、大変なことが待ちかまえているとも知らずに……」

クスリと皮肉めいた笑いがあった。

「大変なこととは……」

如何なることだと、阿部が問う。

「今に、分かりますぞ。鳥山藩に……いや、言うのはよそう」

内藤備後守が口にする。戸田忠温がそこまで耳にして、大名たちの話題は変わった。

第四章　幕府の策略

一

大目付の詰所は、芙蓉《ふよう》の間である。

四人の大目付が座る中に、小笠原重利も交じっている。

「小笠原様……」

茶坊主が、小久保忠介の来訪を告げた。

「隣の間に、待たせておけ」

旗本の栄職である大目付は、老中支配に属するも高家《こうけ》、大名を監察する重職である。

譜代旗本の中から選出されるが、その地位は大名と並ぶ、従五位《じゅごい》の官職が与えられていた。忠介とは同等だが、幕府の重鎮であり将軍に近い分だけ、態度は居丈高《いたけだか》である。

もっとも、齢はかなり小笠原のほうが上であった。

――いってえ話ってなんだ？

思い当たるのは藩邸札のことである。だが、それは幕府のうしろ盾があってのことだ。

そのこととは違うと思いながら、忠介は小笠原が来るのを別間で待った。

「……大名を待たせて、何してやがる」

忠介が呟《つぶや》いたところで、襖《ふすま》が開いた。

「お待たせいたして申しわけござらんな。ちょっと、目付同士の話が長引いてしまっての……」

小笠原が、言いわけを口にして入ってきた。

「話というのは、どのようなことでござりましょうか？」

幕府重鎮の前では、言葉もへりくだる。忠介がさっそく訊いた。

小笠原の表情はあまりよろしくない。その神経質そうな痩せぎすの顔を、さらにしかめているのに、忠介は言いしれぬ不安を感じた。

「話というのはだな、小久保殿……」

まともに顔を合わせず、小笠原は言いづらそうである。

「上様との謁見がありますので、お話を早く……」

せっつく忠介に、小笠原の顔が向いた。忠介にとっては不快を感じる、いやな眼光であった。

「こちらから話をする前に、一つ二つ訊いておきたいことがあるが、よろしいかな？」

「はあ、どうぞ……」

不安がこもる声で、忠介が返す。

「ならば、お訊き申す。鳥山藩では、藩邸札なるものをお造りかな？」

小笠原の問いに、忠介は首を傾げた。幕府の容認である。今さら訊くことでもないだろうとの思いがよぎる。だが、問いには答えなくてはならない。

「はあ、造っておりますが……」

声音を小さく、忠介は言った。

「それを、各藩にお売りしたかな？」

「はあ……」

腑に落ちない問いだと、忠介の顔が曇りをもった。一つ二つと言っていながら、さらに小笠原が問う。

「今まで、どれほど売られましたかな？」

そんなことを訊いてどうすると、心に抱きながら忠介は返す。

「おおよそ六千両に近いものと聞いておりまする」

「ほう、そんなにも」

小さな目を見開いて、小笠原は驚く顔となった。驚く顔をさらにしかめて問う。

「それと、夢御殿なる上屋敷の本殿の玄関先に提灯をぶら下げ、遊郭もどきの見世《みせ》を開いているというのは、本当のことかな？」

「郭《くるわ》ではありませんが、まあ……」

「そこで、女娘に酒の酌《しゃく》をさせ、いかがわしいことをさせているのは、まことであるか？」

だんだんと、小笠原の口調は上からのものになってきている。

「いかがわしいことはしておりませんが、酌はさせておりまする」

「まあ、それはよいとしてだ……」

小笠原は言葉を一拍置いた。そして、つづく言葉は一言。

「由々《ゆゆ》しきことだ」

「なんと、仰《おお》せで？」

言葉が捕らえられず、忠介は問いを返した。

「由々しきことだと言ったのだ」

「どこが、由々しきことと？　上様からの許しは得ておりまするぞ」

「許しを得てるなどと、誰がそんなことを言いましたかな？」

「上様のお情けで、わが藩の藩邸札を……」

「ちょっと待ちなされ、小久保殿」

手を差し出して、小笠原が話を止めた。

「上様は、何も言っておられませんぞ。それよりも、誰に断り藩邸札なるものを造ったのかと仰せであった」

「えっ？」

驚きとも疑問ともつかぬ、忠介は複雑な思いとなった。

「諸藩が発行する藩札には制限があり、無断での発行は禁じられているのはご存じかな」

「ええ、むろん。ですが、わが藩の藩邸札は上屋敷内だけで通用するもの。それに、中にいる藩士だけしか……」

使えないと、言おうとして忠介の言葉が止まった。

そうではない、他藩に六千両近くの藩邸札が流れたのだ。

「ちょっと待たれよ、小久保殿」

小笠原が、そこを突いてきた。

「藩士だけと言われたが、そうではあるまい。現に六千両分の藩邸札が外に出回っていると、先ほど言ったではないか。惚《とぼ》けてもらっては困りますな」

「誰も惚けてなど……」

「これがお惚けでないとして、何が惚けであろうか。上様の怒りは心頭に発しておられますぞ」

「お言葉を返すようですが、各藩のみなさま口をそろえて藩邸札の購入は幕府からのお触れだと……」

「老中、若年寄各位に聞いても、そんな触れは出した覚えがないとのことだ」

忠介が抗《あらが》うも、大目付の小笠原は大きく首を振る。

「なんですって。それでは、誰が……？」

「そんなことは、身共に訊いても分からん。それで、いかがなされるかな？」

「いかがなされるとは、どういう意味でございまする？」

「鳥山藩の、今後のことである」

今後のことと問われても、忠介の頭の中は真っ白である。今すぐ答が出る問いではない。

「そっ、それは……」

忠介は、呂律《ろれつ》が回らず口ごもった。気持ちを落ち着かせろと、自分に言い聞かす。そこに、小笠原の辛辣な言葉が浴びせられる。

「このままですと、小久保家は改易になり、お家は断絶しますがよろしいかな？」

「なんと、仰せで？」

「小久保家は潰れると申したのだ」

ズバリと射抜くもの言いに、忠介は愕然として返す言葉もなかった。

蛇《へび》が蛙《かえる》を呑み込もうと、舌なめずりをするような小笠原の表情であった。不適な笑いを浮かべ、おもむろに言う。

「藩財政が苦しいところで、さらに大変なことになりましたのう。ですが小久保殿、上様にも温情ってのがありまするぞ。無下に大名を落としこもうなどと、そんな情けのないお方ではございません。そこで、上様からの言上である」

言うと同時に、小笠原は居住まいを正した。将軍の代理として、小久保忠介に命《めい》が下される。

「ははぁー」

　忠介は、小笠原に向けて畳に拝した。

「告」

　小笠原の口から、将軍の沙汰が告げられる。

「ただちに藩邸札を廃止し、夢御殿なるものを撤去すること。それと、藩邸札によってもたらされた売り上げ六千両は、全額没収するものとする」

　畳に額《ひたい》をつけ、忠介は将軍からの告げを聞いた。

「ははぁー」

　どこか、何かがおかしいと思いながらも、将軍の命《めい》には抗えない。

　拝する忠介に、小笠原が話しかけた。

「上様の沙汰は、それだけのものだ」

　忠介は体を起こして、将軍の代理から戻った小笠原の話を聞く。

「ここに上様の情けがある。速やかに六千両を差し出せば、お家を断絶させることはないとの仰せである。小久保殿、助かったでござるのう」

　吊り上がった小さな目をさらに細め、笑みを浮かべながら小笠原は言った。

　――助かったなどと、ふざけやがって。

小笠原の言葉に不穏を感じるものの、口には絶対に出せない。

「かしこまりました。明日にでも……」

悔しさが滲むも、忠介は従わざるを得ない。

「ならば、こちらから闕所物奉行《けっしょもつぶぎょう》に取りにやらすので、用意しておいてもらいたい」

小笠原の話はここまでであった。そのとき、申し合わせたかのように茶坊主の声が襖の向こうからかかった。

「小久保様、そろそろ……」

将軍謁見のときだと茶坊主は告げた。

忠介が部屋の外に出ていってから、小笠原が芙蓉の間に詰めているほかの大目付に向けて言う。

「これから、老中水野《みずの》様のところに行ってまいるので、あとはよろしく」

と言い残し、小笠原は老中の水野忠成《ただあきら》の詰所へと向かった。

二

老中水野忠成が一人座す、御用《ごよう》の間に小笠原は入っていった。

「ご老中、今しがた例の件で小久保忠介殿と話をしてきましたぞ」

「それで、首尾は……？」

太った体を脇息《きょうそく》に預け、水野が問うた。

「六千両を明日取りに行くことになりました。気の毒ですが、仕方ありませんな」

「幕府財政も困難を極め、たとえいくらかでも取れるところから取らねば立ち行かなくなる。ここは、心を鬼にせんとならんからな」

小笠原の問いに、水野が答えた。

「藩をけしかけ、どんどん藩邸札を買わせる。それを根こそぎ没収するとは、ご老中様も……」

「それ以上は申すな、大目付。そなたがこの話をもち出したのではないか」

「それにしましても、内藤備後守殿が触れを出す前に、誰かが同じようなものを出していましたとは。いったい、誰が……？」

「誰だっていいではないか。おかげで、余計な手間を取らずに済んだというものだ。備後守のほうは、しっかりと口を止めておけよ」

「かしこまりましたでござりまする」

報告は済んだと、小笠原は一礼をして立ち上がり部屋から出ていこうと襖を開けた。

「ちょっと、待て。まだ話がある」

水野に呼び止められて、小笠原は元の位置へと座り直した。

「大目付は鳥山藩に目をつけておろう？」

「はあ。隠密を放って、国元の動向を探らせておりますが……」

これ以上鳥山藩に何をするのかと、小笠原は細い目をさらに細めて言った。

「いつぞやの野分でもって相当な損害を被《こうむ》ったと聞くが、その後の復旧はどうだ？」

「それが、藩士も野良仕事の格好をして鍬《くわ》をもち、お百姓たちと一緒になって汗を流して復興に励んでおるとのこと……」

「ほう、藩が一丸となってか」

水野の目が輝きをもった。

「その労苦は大変なものと、隠密は申しております。苦労の甲斐があってか、不毛だった土地は新たに耕され、そこには大和芋を植えて鳥山藩の名産品にするそうでござります る」

「大和芋か……うまそうだな」

涎が垂れたか、水野は手の甲で口の周りを拭《ぬぐ》った。

「それとです……」

「まだあるのか？」

「鳥山藩の領地は肥沃な土地に変わっておりまする。稲田は春になったら稲を植え、米を刈り取ったあとは麦畑にして、いわゆる二毛作というものですな。領民はみな、今こそは空腹で飢えを凌いでおりますが、翌年は豊年満作で村の祭りも盛り上がることでしょう」

「左様か……」

水野が宙を見据えて、小さくうなずいた。

「このたびの六千両があれば鳥山藩の藩民の腹は満たされ、窮地は乗り切れたでございましょうに……」

その六千両を没収する策を講じたのは、小笠原自身である。うしろめたい言葉の響きがあった。

「のう、大目付……」

「まだ、何か？」

「それほど肥沃な土地となったならば、鳥山藩ごと没収できぬかな？」

「なんと申されましたか、ご老中？」

水野の問うた意味が分からず、小笠原は問いを返した。

「鳥山藩を天領にできぬかと言ったのだ」

「すると、小久保家を……」

「改易にしてってことだ」

「待ってくだされ、ご老中。そうなりますと、親戚筋で本家の小田原《おだわら》藩小久保家が黙っておりませんぞ。藩主は同じご老中の小久保忠真《ただざね》様。けして、見逃しはしませんでしょう」

「小久保殿と、わしはどうも馬が合わんでな。ここで、親戚の落ち度を盾にして、一泡吹かしてやりたいのも本音なのだ。そうなれば、小久保忠真殿も失脚せねばならんであろう。その後釜に、どうだ大目付の小笠原が座るというのは」

「ご老中……」

三河《みかわ》以来徳川家に尽くしてきた小久保家を、ひっくり返そうとする水野の策略に小笠原は返す言葉がなかった。

「もともと水野家は、東照大権現様の母方の血筋。小久保家とは格というのが違う」

どうやら水野忠成には、小久保家に対する私恨があるようだ。

「も少し、近こう寄れ」

一間ほどあった間を小笠原が半間ほどに詰め寄り、鳥山藩を天領とする策が練られる。

「いかにして、幕府のものとするかだ」

脇息に重い体を乗せ、水野は思考する。

「でしたらご老中、こんな策はいかがかと……」

「なるほどのう。さすが大目付になったほどの男ぞ、知略に長けておる」

「これでしたならば小久保家一党、屋台骨ごと吹っ飛びますぞ」

老中水野に誉めそやされ、小笠原の意気は上がった。老中になる日も間もないと、独《ひと》りほくそ笑む。

月次《つきなみ》登城を済ませた忠介は、藩邸に戻るとさっそく家老の天野と千九郎を呼んだ。

「……てなわけで、六千両は没収となった」

千代田城であったあらましを二人に向けて語り、忠介は大きなため息を吐いた。

「それでは今までの苦労は……？」

「ああ、水の泡だ」

天野の問いに、忠介は吐き捨てるように返した。

「上様のお墨つきではなかったのでは？」

「そんなことは知らんとのことだ。どうやら、幕府の策に嵌《はま》ったようだな」

「策に嵌ったと言いますのは？」

「金を掻き集めるだけ集めさせて、ころよいところで没収すると最初からの肚だったのだろ。かといって、咎《とが》められれば非はこっちにある」

忠介と天野の話を、これまで黙って聞いていた千九郎が口にする。

「そうなると、藩邸札を買ってくれた藩が損を被ることになりますな」

「ほかの藩など、どうでもいいだろうが千九郎」

天野のいらつく声音が、千九郎に向いた。

「申しわけ、ございません」

このとき千九郎の胸の奥では、言いしれぬ不安が渦巻いていた。

「ここはあきらめるより、仕方あらんだろう。千九郎、あす大目付の手の者が六千両を取りに来るから、用意をしておけ」

「かしこまりました。ですが、実際の売り上げは五千七百両ほどでして三百両ほど余計になりますが……」

忠介の命令に、千九郎は苦渋の面持ちで答えた。

「六千両と来ちまったものはしょうがねえだろ。こうなったら、すっからかんとなって、また最初からやり直しだ」

あきらめの境地に達すると、気持ちも安らぐとは忠介の負け惜しみであった。

千両の元手で、準備やなにやらで三百両ほど使っている。六千両払っても、まだ四百両は残る勘定だ。

「すっからかんではございませぬ。全部払っても、まだいくらかは手元に残ります。それで、一からやり直せば……」

千九郎も、忠介の気持ちに同調する。

「まだまだみんなの苦労が長引くだろうが、これもみなおれの至らなさだ。勘弁してくれ」

座りを正した忠介は、天野と千九郎に向けて深々と頭を下げた。

「殿……またやり直しをすればよろしきこと。家臣、領民一同いつまでも殿についていきますので、どうぞ頭を上げてくだされ」

主君から頭を下げられ、困惑した表情で天野が言った。

だが、傍《かたわ》らに座る千九郎の表情は晴れてはいない。

――これだけではすまないだろうな。

まだ、何か起こるだろうとの六感が千九郎に働く。

千九郎の、いやな予感は翌日になって当たった。

六千両の没収に、大目付の使者である闕所物奉行が来たのは正午ごろであった。

金の引き渡しに、忠介をはじめ天野と千九郎が立ち会う。

千両箱にして六個、闕所物奉行の前に差し出した。

「たしかに、拝領いたしました。これ……」

隣の間に控える配下を、闕所物奉行は呼んだ。ぞろぞろと、手下役人である六人が入ってくる。

「これを運んでおけ」

六千両の箱をもち出してからも、奉行は席を立たない。

「まだ、何かあるのか？」

訝しげな顔をして、忠介は問うた。

「はあ。実は、ご当家になにやら不審な噂が……」

呟くように、小声で奉行は言う。

「不審な噂だと？」

「いや、余計なことを申しました。どうぞ、お気になされずに。それでは……」

ご免と座を立つのを、忠介は引き止めた。

「そこまで話をして、逃げることはねえだろ。聞かせちゃくれねえか」

殿様らしくない忠介の伝法《でんぽう》なもの言いに、驚く目を向けた奉行であったがすぐに表情を元のものに戻した。

「これはあくまでも噂ですから……」

と前置きを言って、奉行は語り出す。

「藩邸札を大量に捌《さば》こうと、鳥山藩は策を練ったとの噂が大目付様の耳に入っております」

「策を練ったというのは、まったく違うぞ」

忠介がすかさず反論を言った。

「いや、あくまでも噂と。話は最後まで……ご存じのように、大目付の小笠原様は出来たお方でございます。六千両を速やかに差し出されたことによって、そんな噂は揉み消すでしょうぞ」

「ちなみに、どんな策との噂が……？」

天野からの問いであった。

「いささか言いづらいことですが、鳥山藩では上様の慈悲や幕府の触れだと、自らが語って各藩に藩邸札の購入を求めたとのこと……」

「なんだと？」

忠介の驚きが耳に入らぬか、さらに奉行の語りはつづく。

「聞くところによりますと、なんですか『温情あるなら鳥山藩を助けてやれ』とか、さも幕府の触れでもあるかのように……」

――そう言われれば、たしかに買いに来た各藩の家臣たちは異口同音に口にしていた。

奉行の話に、千九郎は震撼する。これが幕府のやり方だと思っても、この場では口にすることはできない。忠介の顔色を見ると、やはり青みが増している。大概のことでは動じない藩主であったが、この先生じる成り行きに、不安は拭えないのだろうと千九郎は思った。

三

その翌日――。
「あのう、身共の千両は……？」

いただけないのかと、吉本新八郎が心配そうに千九郎に問うた。

「六千両が、幕府に没収されちまった。そんなんで、藩の財はすっからかんとなっちまった。殿からのお言葉だ……」

ごめんなさいの一言で、吉本を押さえつけることはできた。だが、本当の難儀はこれからである。

それから二日後の朝。

怒りで顔を真っ赤にした武士が、鳥山藩の藩邸を訪ねてきた。

「拙者、豊後は臼杵藩の者でござる。貴藩が発行した藩邸札のことで、火急に目通りしたい」

千九郎が一人、臼杵藩の家臣と面談をする。家老の天野と留守居役の前田は逃げに回ったか、あとの処理を千九郎にすべて任せていた。

「幕府の触れと偽りを吐き、よくも百両を騙し取りましたな。稲葉の殿が貴藩を憐憫《れんびん》に思い、よかれとして手を差し伸べたのが仇《あだ》となった」

口角泡を飛ばしながら捲《まく》し立てる臼杵藩家臣の言い分を、千九郎は黙って聞いていた。

「当藩の者は誰一人、夢御殿なるところでは遊んではおりませんぞ。百両は救済との思いで差し出したもの。それが、まったくの……もうよい。ついては、即刻百両をお返し願いたい」

藩邸札の束を差し出し、返金を迫る。

「実は……」

藩邸札の売り上げはすべて幕府に没収されたと、千九郎は状況を説く。

「それで、当藩には今は返す財がまったくなく……」

「本来、わが藩だって百両のもち出しはつらいものがある。だが、情けは必ず自分の身に戻ってくるとの殿の仰せでやむなく捻出したもの……嗚呼《ああ》、やはり出すべきではなかった」

使者の責苦が悔恨《かいこん》に変わる。

責め立ててくるであろう藩があることを見越し、忠介は千九郎に言葉を授けてあった。それを、ここできっぱりと言わねばならない。

「今すぐ返金するのは、無念ながらできません」

相手を押し込めるように、千九郎は声高《こわだか》にして言った。そして、言葉をつづける。

「ですが、いつかは返却せねばならぬもの。猶予をいただきたいとの、わが殿の仰せでござりまする」

「猶予とは、いつ……？」

「それは、申しわけないが答えられません。できない約束をするのは、信条ではござらんから」

相手につけ込まれる隙を見せまいと、千九郎は胸を張りながら口にする。

「ですが、これだけは約束をする。いつかは必ずお返ししますと……」

武士に二言《にごん》はないと、千九郎は言葉を添えた。絶対に返せる確証はなかったが、ここまでのことは言わざるを得ない。腹を切る覚悟を、千九郎は言葉に込めた。

「分かり申した。わが殿には、そう伝え申そう」

なんとか臼杵藩の家臣は乗り切った。それからというもの、引きもきらず藩邸札を購入した藩の家臣たちが訪れてくる。

臼杵藩の家臣と同様の対処をして、落ち着きを見せたのそれから四日ほどかかってのことであった。

ようやくのこと、千九郎が各藩との交渉を済ませほっと一息吐いた矢先であった。

その日の夕刻。

鳥山藩上屋敷に、大目付の小笠原重利が藩主忠介を訪ねてきた。

客の間で、小笠原を上座に据えて忠介が相対をする。

「鳥山藩に対して、幕府の沙汰が決まった」

いきなりの話であった。

「沙汰とはどういうことで……？」

すでにこの件は済んだものと思い、忠介は今後の運営に策を巡らせていたところである。財政逼迫の上に、莫大な借財を抱えてしまい忠介の頭の中は、その対処で一杯であった。

そこにもってきての、幕府の沙汰は寝耳に水の話である。前触れもなく言う小笠原に、忠介はこれまでにない不吉な予感が脳裏をよぎった。

「六千両の没収だけで、ことが済みそうだと思ったのだが……」

「それだけではないので？」

「残念ながら、没収だけでは済まされなくなった。鳥山藩小久保家は改易と沙汰は決まった。半月後に城と上屋敷を明け渡すように」

一気に結論を言い放つ。いやとは言えぬ、幕府の圧力であった。

顔面蒼白にして、忠介の口元は震えている。それでも、気丈に問う。

「なぜに、当家が改易に？　その理由《わけ》をお聞かせいただきたい」

「端は噂であったものが、そうではなかった。上様の言葉だと偽りを吐き、各藩をたぶらかしたのは不届千万、言語道断との達しだ」

老中、若年寄が集まっての、合議の上だと小笠原は説く。

「本家である、老中小久保忠真殿はなんと仰せで？」

「小久保忠真様は、黙ってうつむくばかりでござった。親戚筋の不始末を、これにもなく恥じておられましたぞ。むろん、反論はありませんでした」

幕府が下した裁断を覆せるのは、今や幕閣でもある小田原藩主の小久保忠真をおいてしかいない。だが、合議の決断に抗えば、一族郎党にまで難が降りかかるだろう。そこまでは望めるものではないと、忠介は肚を括ることにした。

「分かり申した。沙汰に従いましょう」

「ほう、分かっていただけたか。時節が過ぎて、お家再興となった大名はこれまで幾多もありまするぞ」

抗いもなくすんなりと受け入れた忠介に、慰めを言う小笠原の口から、ほっと安堵の息が漏れた。

「気遣うことは家臣、領民のこと。今後、鳥山藩をいかがなさるおつもりで？」

肚が据わると毅然とした態度で、忠介は問うた。

「以後、鳥山藩の領地は幕府の管轄となる。家臣の行く末は、極力幕府が力になってやるから案ずるにおよばぬ。それと領民たちだが、幕府の民となって働いてもらう。代官に支配させるので、肥沃になった領地のことはお任せなされ」

鳥山藩に後釜の大名は置かず、天領にすると言う。

――肥沃になっただと？

忠介にとって聞き逃せない一言があった。

――そこを、狙っていやがったのか。

痩せた土地で、使いものにならなければ手に入れても仕方ない。河川の護岸さえしっかりさせれば、鳥山藩は黄金《こがね》の土地に成り代わるのである。幕府がものにしたいと思っても不思議ではない。

はっきりと、幕府の策略であることを悟った忠介であるが、今となってはときすでに遅し。決定を覆す術《すべ》を、忠介がもつはずもなかった。

領地と藩邸の引渡しは半月後である。

国元の城門と江戸屋敷の正門には斜交《はすか》いの竹矢来《たけやらい》が組まれ、その後忠介は上野館《こうずけたて》林《ばやし》藩預かりの、蟄居《ちっきょ》の生活が待ちかまえている。

残されたときが少ないにかかわらず、家臣たちとは誰にも会わず忠介は、丸一日を一人で考えた。しかし、現状を打破するほどのよき案は浮かばない。

眠れぬせいもあり、忠介の目の周りには黒い隈《くま》ができている。月代《さかやき》も剃らず、顔面にはうっすらと無精 髭《ぶしょうひげ》が生えている。江戸屋敷にいて、千九郎がこんな落ちぶれた様相の忠介を見るのは初めてのことであった。

野良着を着て、みすぼらしい格好をしているときもあったが、そのときは爛々《らんらん》と目が輝いていた。しかし、今はそんな面影すらもない。

夕方になって忠介と目通りした千九郎は、すぐさま異変に気づいた。

「殿、何かご心痛なことでも……？」

「ああ、千九郎か……」

ボケッとした生返事であった。

「すまぬが、天野と前田を呼んできてくれ」

言葉にいつもの覇気がない。いささか心配になるも、千九郎は忠介の命《めい》に従った。

御座の間で天野と前田、そして千九郎を横並びにして忠介は向かい合った。

「実はな、きのう大目付の小笠原殿が来て……」

忠介は声音を落としながら、とはいっても気落ちから大きな声は出せない。目の前にいる三人に聞こえるほどの声で経緯を語った。

「なんと！」

「なんですって！」

驚愕の声を発したのは、天野と前田であった。千九郎は黙って前を見据えている。その口元に、微《かす》かに震えが帯びているのがうかがえるだけだ。そんな千九郎の表情を、忠介は怪訝な顔で見やっていた。

「どうした、千九郎。やけに平然としてやがるな？」

いつもの口調に戻って、忠介が訊いた。

「平然としてはおりません。大変なことになったなと、打ちひしがれております。ですが、うろたえていましてもなんの解決にならないと……」

「解決にならないといって、何か御家《おいえ》を救う術《すべ》でもあるとでも言うのか？」

天野が問うた。

「いえ、ありません。どの道御家断絶は決まったのですから、あとは冷静になる以外はないでしょう」

「よくも、そんなに落ちついてられるもんだな。自分が播《ま》いた種だってのに」

前田が、顔をしかめて言った。

「おい、留守居役。千九郎にそれを言うのは筋が違うってもんだぞ。やらせたのは、おれだ。だから、いかなることがあろうと責任はおれにある」

「はっ……」

「しかしなあ、家臣や領民にまで迷惑をかけることになった。その責は藩主として重い。ここは、腹を切って詫びるよっかねえな」

「何を仰せになりますか、殿……」

天野が一膝繰り出して言った。

「最後まで聞け、ご家老。この屋敷に、竹矢来が組まれたと同時に自決すると、おれは今もって覚悟を決めた。おとなしく従って、館林藩に世話になろうと思ってたが、そいつはやめることにする。ここは潔《いさぎよ》く武士のけじめとして……」

「殿、それだけは……」

おやめくだされと、さらに天野は身を乗り出した。

「いや、やめねえ」

忠介が大きく首を振って返すのを、千九郎は何を思うか、黙って見据えたままであった。

四

忠介は、大目付の小笠原に一つだけ願ったことがあった。

鳥山藩小久保家が改易になるということを、外部には漏らさずにいてくれと──。

武士の情けと、小笠原は承諾をした。

瞬《まばた》きもせずに前を見据える千九郎を見て、忠介はそのことを思い出していた。

──こいつならば、その間に何かしてくれそうだ。

腹を切ると宣言したのは、忠介の賭けであった。

「……おかしいですな」

呟く千九郎の声が、隣に座る前田の耳に入った。

「何がおかしいと言うのだ、千九郎？」

焦燥からか、かなりイライラした前田の口調であった。この期《ご》におよんでは、もう上役ではないとの思いが宿る。

「おかしいとは思いませんか、前田様」

「だから、どこがおかしいのだ？」

「鳥山藩では誰にも何も頼みもしないのに、どこが藩邸札を買ってくれるよう各藩に触れを出したかです。それを、ずっと考えてました」

「そいつはだな、千九郎。おれは、幕府の策略と取っている」

鳥山藩を貶《おとし》め、天領にするための計略だと忠介は言った。

「お言葉を返すようですが、それは違うと思います」

「ほう、どこが違う？」

「それですと、あまりにも見え透いておりますでしょう」

「見え透いていると？」

忠介と千九郎のやり取りを、天野と前田は固唾《かたず》を呑んで聞いている。二人にとって、思いもしない話の中身であった。

「いくら幕府が卑劣といいましても、子供でも読めてしまう筋書きにそこまではしないと思われます」

多分に天野と前田への皮肉がまじっているようだ。忠介の目が二人の重鎮にちらりと向いた
さらに千九郎の、考えながらの語りはつづく。

「どこかの誰かが、わが藩によかれと思ってなされたことか……」

忠介は、うんうんとうなずきながら聞いている。

「さもなければ、こうなる筋書きを読んでの悪巧《わるだく》みなのか……どちらかは分かりません。藩邸札によってわが藩が大きな利益を生んだことに目をつけ、幕府はたまたま漁夫《ぎょふ》の利《り》を得ようとしたのに過ぎなかったかと……」

「仕組んだのは、幕府ではないというんだな？」

問うも忠介の表情は、得心《とくしん》しているように穏やかであった。

「はい、そう思って間違いないと。ですが、まさか当家を改易にまでもち込むとは……」

思ってもいなかったと、千九郎は言葉を添えた。

「……そういえば」

顎《あご》に生えた無精髭をこすりながら、忠介が呟いた。

「思い当たる節が、おありでしょうか？」

大事なところである。千九郎も膝を乗り出して聞く姿勢を取った。

「千九郎は、今の老中が誰だか知っているか？」

「算盤改《そろばんあらため》役でありました身共《みども》が、そんな偉い人を知るわけがありません」

答えられずに、繰り出した身を引かす。

　これまで黙っていた天野が口を挟む。

「水野忠成様と当家の本家筋に当たる小久保忠真様、それと松平康任《まつだいらやすとう》様に松平……」

「たしか……」

「そこでいいや、天野。さすが、ご家老だぜ、よく知ってら」

　忠介が、小さくうなずきながら言った。そんな会話のどこに意味があるのだろうと、千九郎は不思議な思いをして聞いていた。

「三河以来の徳川家の譜代でありながら、水野家と小久保家は仲が悪くてな、ずっといがみ合ってきていた。水野家は東照大権現様の血筋もあって、元来無骨な小久保家を見下《みくだ》していたのだ。世代を経て奇しくも今の世、同じ幕閣に名を連ねている。それを水野は……」

「面白くないと言われるのですか」

「そうだ、千九郎。親戚筋が改易となれば、老中である忠真様も失脚せざるを得まい」

「どうやら、そこが狙いだとでも……？」

　おっしゃるのかと、千九郎が問う。

「ああ、どさくさに紛れてな。小笠原が一所懸命になるのも、自分が忠真殿の後釜にとでも思っているからだろうよ」

おぼろげながらも読めてきた。しかし、真相を証明する証《あか》しがない。推測だけでは幕府の決定を覆すことはできないのだ。

「どこの誰が触れ回ったのか、分かりさえすればいいんだが……」

独り言のように忠介は口にするも、気持ちの中に憂いがあった。誰かが各藩に偽りの触れを出したのは間違いない。

「……わが藩を思ってしてくれたことか、陥《おとしい》れるために仕組んだ罠か」

だが、どちらのつもりか分からないところに、忠介の不安があった。

「いずれにしても、まずはどこが出どころかを探るのが先決ではないかと……」

千九郎が提言をする。

「それは簡単ではございませぬか？」

「ほう、前田に策があると言うのか？」

「はっ」

忠介の問いに、前田が自信満々にうなずく。

「身共が藩邸札を購入した藩を回り、調べてまいりましょう。さすればどこから聞きおよんだのか、判明するものと……」

「そいつは無理だな、前田」

「なぜにでございましょう?」

「それは千九郎のほうが詳しい。前田に説いてやれ」

話が千九郎に振られる。

「こういうことでございまする、留守居役様……」

座りを直して、千九郎は体ごと前田に向けた。

「各藩主宛に、無記名の書状で届いたからです。これが、その書状で……」

言って千九郎は、懐から一通の書き付けを取り出した。

「弁済の交渉をしたとき、ある藩の方からいただいたものです」

そこには鳥山藩の窮地が面々と綴られており、その中に一文『温情あるなら鳥山藩を助けてやれ』と、さも将軍か幕府が発したような触れが書かれてあった。

「これではどこの藩が出したのか、分からんだろうよ。よしんば、幕府が出したのならば無記名ということはないな」

幕府の策略でないことは、このことからでも知れると忠介は説いた。

「各藩を回って調べるわけにもいくまい。それこそ鳥山藩の恥の上塗りになるぞ。改易になることをおれがまだ、あんたら以外に誰にも言わないのはどうしてだと思う？」

忠介の問いが、家老の天野に向いた。

「それは、混乱の一言でありましょう」

「それもそうだが、その一言だけではないな」

「と申しますと？」

「この十日の間に、必ずことの真相を暴いてみせる。鳥山藩は潔白であるということを、幕府に突きつけるのだ」

忠介の決意に、千九郎は大きなうなずきを見せた。

「そうでないと、おれはあの世行きだからな」

「殿、そのお考えだけは撤回していただけませんか？」

天野が言うも、忠介は大きく首を振る。

「いや、決意は変えねえ」

並々ならぬ藩主の決意に、三人の家臣はすでに返す言葉もなかった。

――せめて、どこの誰が触れを出したのか知れさえすれば……。

千九郎の頭の中は、この一点に集中していた。

――いずれは、どこかの大名であろう。

しかし、千九郎が考えるもいかんせん下等藩士である。大名同士のつながりや確執など、知るべくもない。

各藩に触れを出したのがどこであるのか、忠介にはまったく心当たりがないと言う。天野と前田もいろいろと意見を出すが、これといった解決策を見い出すものはなかった。

それぞれが考えをめぐらせるが、なかなか策が見つからず、いたずらにときが過ぎて早くも五日が経った。

五

周囲はいつものように平穏無事の様相で過ぎていく。

鳥山藩上屋敷の中は、以前の静寂を取り戻していた。市もなくなり、御殿の表玄関にぶら下がっていた提灯も、今は取り払われている。

家臣たちは、あと五日以内に起きることなど藩主と三人の重鎮を除いては誰も知る者などいない。

その日、城代家老の太田から忠介宛に書状が届いた。

書簡を解くと、久しぶりの朗報であった。

土手《どて》の修復が終わり、荒れた地を耕した田畑には作物の種を播き、早いものは一月《ひとつき》内で収穫ができると一文にあった。家臣、領民とも一丸となって仕事に励み、なんとか危機は乗り越えられそうだ。だから、案ずることなく江戸ではどんどんお稼ぎなされというようなことが記されてある。

忠介は、苦笑いを浮かべながらそれを読んだ。

「……藩が潰れ、おれがいなくなったらどうするんだい」

呟きながら、その先を読む。すると、ある文章のところで目が止まった。

先日来より、米や野菜などの物資が届けられている。おかげでみな飢えを凌ぐことができ、殿のおかげだと綴《つづ》られている。

「江戸からは、そんなものは送ってねえぞ。誰が、いったい……？」

もしかしたら、自分に隠れて家臣の誰かがそうしているのではないかと忠介は思案を巡らせた。

「……千九郎か？」

家臣の中で、それほど気の利いた者はほかには見当たらない。

「おい、誰か……」

「はっ」

隣室に控えていた小姓が襖《ふすま》を開けた。

「千九郎を呼んでこい」

かしこまりましたと言って、小姓が出ていく。

「もしや、天野か前田が……？　いや、それほど気が利くやつらでもねえな」

間もなくして千九郎が、御座《ぎょざ》の間へと入ってきた。

「お呼びでございましょうか？」

「ああ、こいつを読んでくれ」

国元からの書簡を千九郎は読む。

「ほう、大分復旧作業は進んでおられるようで……」

「そんなところはいいから、もっと先を読みな」

「はっ」

忠介と同じ個所で、千九郎の手が止まった。

「そこに書いてある物資というのは、千九郎が送ったものか？」

「いえ。殿に黙ってはいたしません」

「ならば、誰が？」

「ご家老と留守居役様が考えられますが……」

言ったまま千九郎は、しばらく思案顔となった。

「もしや思いますに、これはお触れを出したお方と同じ……あくまでも、憶測ではありますが、殿には……」

心当たりがないかと、訊ねようとしたところで忠介の表情がにわかに変わった。

「ちょっと待て、千九郎。いや、違うか……」

一瞬光をもった目が、元の燻《いぶ》るものへと戻った。

「なんでもよろしいですから、おっしゃっていただけませんか。どんな些細なことでも、そこから何かつかめればと思われまする」

「あい分かった。もしかしたらだ……」

忠介の話が止まったのは、襖の向こうから声がかかったからだ。

「大目付の小笠原様が、殿に目通りを乞うてまいっておられます。客の間にお通ししてござりますので……」

「分かった。すぐに行く。千九郎、すまぬがここで待っててくれ」

話を途中にして、忠介は腰を上げた。

青白い顔をして忠介が戻ってきたのは、それからおよそ四半刻《しはんとき》後のことであった。

その顔は苦渋で歪んでいる。

「殿、いかが……？」

千九郎が問うも、忠介は大きく首を振る。

「もう、駄目かもしれんな」

ふーっと、大きくため息をまじえながら忠介は答えた。

「駄目と申しますのは？」

大目付の小笠原の話を要約すると、こうである。

御三家である尾張家から、鳥山藩のことで苦情が寄せられた。よかれとしてやったことが裏切られ、尾張藩主の憤りは相当なものがあった。御三家から突き上げられては話を聞かないわけにはいかない。

「幕閣の協議で、鳥山藩取り潰しの沙汰が早まった。三日後の早朝には、屋敷門に竹矢来が組まれるだろう。猶予は、あと三日しかありはしねえ」

「三日しかないなどと、まだ三日もありますぞ。あきらめるのは、お早いかと」

千九郎は慰めを言うも、忠介は首を振る。

「実質は、中二日しかねえんだ。それだけしかねえで、どうする？　いざというときには、本家も役に立たねえもんだな」

愚痴が忠介の口から漏れた。

「忠真様も顔を真っ赤にして怒っているだろうよ。これで、代々つづいた小久保家もお終いだとな」

「たしか殿は、先だって小久保忠真の失脚は水野様の策略だとおっしゃっておられましたが……」

「たしかに言ったな。親戚筋が改易となれば、老中である忠真様も失脚せざるを得まいと……覚えているぞ」

――水野家と小久保家の確執。

千九郎の目が、宙を見据えた。何かを思いついたときの表情である。

「……もしや」

口をへの字に曲げながらの千九郎の呟きが、忠介の耳に入った。

「何がもしやだ？」

「殿が、初めて登城したときのことを覚えておられますか？」

「ああ、あのときはあいつに散々いやみを言われた」

忠介の脳裏に浮かんだのは、宇都宮藩主戸田忠温の若い顔であった。

「あいつとは、宇都宮藩の戸田様ですか？」

千九郎もその名は覚えていた。

「そうだ。先ほどおれの言葉がもしかしたらで終わってただろう？」

「はい。そのあとの言葉が知りたくて、ずっと考えてました。もしや殿は、戸田様との確執を言おうとしていたのではございませんか？」

「そうだ。あやつはずっとおれのことを恨んでいただろうからな。こいつはよかれとしてでなく、その逆だ」

鳥山藩を貶《おとし》めるに仕組んだことだと、忠介は吐き捨てるように言った。

「戸田様とは、いったい何があったのでございます？」

「それを聞いてどうする？」

「何か、その中で策が見出せればと……」

話したところで詮《せん》ないと言いながらも、忠介は語り出す。

五年前のことであった。

上屋敷も一軒大名家を挟んで近いところから、二人は旧知の仲であった。名も似ていて、国元も近い。齢《とし》は忠介のほうが若干上だが、戸田家のほうが石高で勝っている。

本来仲がよいはずだが、この二人に限っては違っていた。性格も、正反対である。忠介が天真爛漫だとすれば、忠温は勤勉をもって尊しと成す、真面目な性格であった。

父親同士は仲がよかったこともあり、小さいころはよく遊んだ。六歳年上であった忠介は、忠温を配下にして屋敷の外まで引き連れていった。町屋の子供たちと、忠介は打ち解けたが忠温は違った。大名の子供という気位があった。

青年になると、浅草界隈をお忍びで歩いては、町のならず者たちに喧嘩を売ったり博奕《ばくち》にのめり込んだりと、遊興三昧《ざんまい》の日々を送っていたのである。

二人の気持ちがすれ違っていったのは、忠温が家督を継ぐ一年ほど前からであった。そんな生活が、忠温にとっては堪《たま》らなくいやであった。

忠介と絶交しようと思ったのは、家督相続の話が持ち上がったのがきっかけだった。藩主である病弱の兄忠延《ただのぶ》がいつなんどき他界をするかもしれない。嫡子がいない忠延は、弟の忠温を養子にしようと考えていた。藩主の思いを知った忠温は、このときはっきりと気持ちを入れ変えた。

遊ぶ暇があったら、君主となるための心構えを学んでおかなくてはならない。

そんな忠温の思いを知ってか知らずか、忠介はおかまいなしだ。

「――忠温ちゃん、遊ぼう」

忠介が子供のときから変わらぬもの言いで、毎日のように誘いに来る。

ある日のこと、同じように忠介は遊びに行こうと迎えに来た。この日が最後のつき合いと、忠介の誘いに乗った。

いつものように、浅草奥山《おくやま》に行って狂言や芝居を見ながらときを過ごす。

その日も、芝居が跳ねてからの居酒屋での酒の席であった。

忠温は、もう遊びでのつき合いはこれぐらいにしようともちかけた。藩主となるべき準備をするとの理由も語る。

「――そうかい、忠温は殿様になるんかい。ちょうどいいや、おめえみてえなくそ真面目な野郎と遊んでたって、こっちはちっとも面白くなかったんだ。無理やり引っ張りまわして、これまですまなかったな。だったら、一人で帰りな」

追い払うようにして、忠介は忠温との決別を告げた。

ちっとも面白くなかったという忠介の言葉に、忠温は愕然とする思いでいた。これまでの遊興費は、ほとんど忠温の財布から出ていたからだ。芝居の木戸銭も、呑み代も、遊女の玉代も。博奕にいたっては、勝てばすべて忠介の懐の中に収まり、負けても詫びの一言もなかった。

鳥山藩の慢性的な財政困難を知って、忠温は助《す》けたつもりでいたのである。忠温の心の奥底で溜まっていた鬱憤が爆発した。忠介に向けて、初めて忠温は食ってかかった。

居酒屋での諍《いさか》いは外に出てからもつづき、とうとう浅草寺の境内で取っ組み合いの喧嘩となった。

忠介のほうががたいでかく、体の鍛え方が違う。忠温は頭脳に優れるが、その分体は貧弱であった。

ぼこぼこに痛めつけられた忠温に、心底からの恨みだけが忠介に対して焼きついた。

その日以来、二人が顔を合わすことはなかった。

六

忠介が、戸田忠温との確執を語り終えた。

「まあ、こんなことがあったのよ」

千九郎の顔が忠介に向く。

「殿、戸田様に会ってみたらいかがでしょうか？」

「何を今さら。相手はこっちを恨んでるんだ。知らぬ存ぜぬで、大きく首を振るだろうよ」

「ですが、一分の可能性もあるやもしれません。話を聞いておりますと、もしやと思いました。戸田様は、鳥山藩のためを思ってしたことではないかと」

「なんだと。鳥山藩を陥れるためじゃねえと言うのか？」

「それはなんとも聞いてみないと分かりません。ですから、問うてみるのも一考かと申しておるのです」

駄目で元々だろうと、言葉に添える。

千九郎の言葉が、忠介の気持ちを動かした。

「それもそうだな」

「さっそく行って、忠温と会ってこようじゃねえか」

立ち上がるとすぐに小姓を呼んだ。

「出かけるから、仕度《したく》を手伝え」

黒紬《つむぎ》の紋付に袴を穿き、鼠色《ねずいろ》の紋付羽織を身につける。訪問用の半正装といった形《なり》であった。忍びの訪問なので、錣頭巾《しころずきん》で顔を隠す。

「殿、どちらにおいでで？」

小姓が問うた。

「どこでもいい。おれが外に出たことは、絶対に誰にも言うな」

「かしこまりました」

小姓に釘を刺し、向かったところは二軒先であった。

頭巾をしたまま、門番と向かい合う。

「藩主戸田忠温公にお目通りしたい」

相当地位が高そうな武家であるが、供侍がいない。独りでの来訪に門番は訝しげであった。

「どちら様でございましょうか？」

忠介はここで頭巾を取った。

「あっ！」

門番の驚く顔であった。忠介が藩主となる前、『——忠温ちゃん、遊ぼう』と言って、毎日のように来ていた顔を門番は覚えていた。

「これは、鳥山藩の……」

「久しぶり振りだな、作兵衛《さくべえ》さん」

門番にも馴染みであった。

「今はもう、若じゃねえぜ。鳥山藩の藩主として来た。忠温ちゃん……いや、藩主に取り次いでくれねえか？」

「せっかくですが、殿は……」

「どうかしたんかい？」

門番の口ごもりに、忠介は業を煮やした。

「急いでるんだ、はっきり言ってくれよ作兵衛さん」

口は荒くなったが、名を覚えてくれていた忠介の、親しみのあるもの言いに門番の作兵衛は語った。

「故あって、殿は国元に行っておるそうです」

「本当かい？」

本来ならば、門番にまでは藩主の行き先は伝わっていないのが鉄則だ。

「脇門を開けてご家老と大番頭《おおばんがしら》様が出てきた際、話し声が聞こえました」

だが、作兵衛は知っていて、忠介に藩主の行き先を告げた。

「いつ行って、いつ戻る？」

「ここを発ったのは、おとといの朝。戻りまでは聞いておりません。そうだ、相当急いでいたご様子で、馬に乗ってまいられました。そのときの供侍は五人……」

すでに暮《くれ》六ツが近い。

忠介ははたと考えた。

翌日朝から馬を飛ばして行けば、夜には宇都宮に着くであろう。翌々日忠温と会って話をし、戻るのは夜半。その夜が明けたときが、四日後の朝である。

「……ギリギリだな」

ときの猶予もさることながら、忠介の脳裏に不安がよぎる。

忠温に会ったところで、何も得られないかもしれない。

——ここは、一か八かだ。しかしな……。

さらに忠介を不安に駆らせたのは、すれ違うことも考えられることだ。

戻る日が分からない。今、こうしている間にも宇都宮を発っているかもしれないのだ。ここは、家老か大番頭でもいい。訊く以外にない。

「だったら、家老か大番頭に訊く以外にない。取り次いでくれねえか？」

「お二方とも役宅に戻られました」

「そうだ、お小姓がいるだろ」

「ちょっと待ってくだされ、呼んできます」

門番の作兵衛が顔馴染みであったのがありがたかった。すぐさま忠介の思いを察して動いてくれた。

――間に合わなかったら、おれもそれまでの男。

忠介が肚を据えたところで、脇門が内側から開いた。

門番の作兵衛と一緒に、前髪立ちの小姓が出てきた。

「鳥山藩の御藩主様でございましょうか？」

小姓が忠介に問うた。

「左様だ。忠温公の、国元からの戻りがいつかを知りたい」

「殿が今、どうして国元におりますのを……」

知っているのかと言ったあと小姓の目が、一瞬門番の作兵衛に向いた。すでに作兵衛は門番の定位置に戻り、何くわぬ顔をしている。

「そんなことはどうでもいい。どうしても、忠温殿とお会いしたいのだ」

切羽詰った忠介の形相が、小姓を動かした。

「殿の戻りの予定は、しあさっての晩ですから、明後日は城におられますものと

「……」

そこまで聞けばよいと、忠介は踵《きびす》を返した。

上屋敷に戻った忠介は、さっそく千九郎を呼んだ。もう、ここに賭けるより手がねえからな」

「おれは明日の朝から宇都宮に行ってくる。もう、ここに賭けるより手がねえから
な」

なんの根拠もない策であったが、忠介の頭の中ではこれ以外思いつくものではなかった。

「そこでだ千九郎……」

千九郎を近寄らせ、耳打ちをする。そして一通の書状を書くと、千九郎に預けた。

「かしこまりました」

「頼むぜ千九郎。これで駄目なら、潔《いさぎよ》く腹を切ろうじゃねえか。それとだ、このことは天野と前田には千九郎の口から話しておいてくれ」

通《かよ》いである重鎮たちは、すでに帰宅している。伝言は千九郎に托すことにした。

宇都宮城までおよそ三十里の道を、途中三度馬を替え忠介は走り通した。

着いたときは暮六ツも過ぎ城門は固く閉ざされていた。仕方なく忠介は城下の宿で

一夜を過ごすことにした。

宿の文机で、忠介は一筆認めた。宇都宮藩主忠温への書簡であった。夜遅くまでかかっての長文であった。

書面を封緘し『戸田忠温公へ』と表面に書き、裏面には小文字で『小久保忠介』とだけ書き記した。

「……どうせ、まともに行ってもすぐに会ってはくれんだろう」

急ぎ旅の疲れと昨夜の睡眠不足からか、呟くと同時に忠介に睡魔が襲ってきた。

翌日は、好天だったことが災いした。

「いかん、寝過ごした」

忠介が目を覚ましたときは、とうにお天道様は東の空に昇りきっていた。明六ツ早々に城下の門前に立ち朝駆けを狙っていたのだが、これで目論見《もくろみ》が外れた。

急ぎ仕度をして、忠介は宇都宮城へと駆けつけた。

藩邸と違って、城の門は重厚である。九尺の長槍をもった門番に、忠介は声をかけた。

「たのもう……」

「誰だ？」

そのときの忠介の姿は、小袖にたっつけ袴の軽装である。とても、三万石の大名には見えない。動きやすいようにと、身軽に来たのが裏目に出た。門番は高飛車であった。

「隣藩は鳥山藩主、小久保忠介だ。戸田忠温公に取次ぎしてもらいたい」

「小久保様の使いの者か？」

「いや、当人だ。これを忠温殿にわたしてもらいたい」

書状を差し出しても、にわかには信じない。

忠温と疎遠になっている忠介は、宇都宮城に来たことが一度もなかった。そのとき通りかかったのは、国家老であった。

「おや……？」

国家老は、二度ほど鳥山藩に来たことがある。忠介とは顔見知りであった。

「急ぎ江戸からやってきた。至急忠温殿に会いたいのだが……」

「お生憎ですが殿は今、鹿沼《かぬま》村のほうまで鷹狩《たかが》りに出て……」

「鷹狩りは、鹿沼村のどの辺で？」

「なんですか、今日はいつもとは違うところでとおっしゃってました。きのうまではご多忙で、ようやく一段落して鷹狩りにと……かれこれ、四半刻《しはんとき》も経ちますか」

長文の書簡が無駄となり仇となった。早起きしていたら間に合ったのだと、忠介は心の中で悔いた。

「いつごろ戻られます？」

「さあ……いつもでしたら昼八ツまでには戻ってこられますが」

正午から一刻経っての昼下がりに、通常なら戻ってくるという。すんなりと会えて、話を引き出すにも一刻はかかるであろう。忠介は、ときの猶予を計算した。

――だとすると、宇都宮を経つのは夕七ツ。暗くなったら、馬も利かんな。

早馬で駆けても、暮六ツには古河《こが》あたりまでか。

――それでは駄目だ。

今日中に、どうしても利根川を渡らなくてはならない。艀《はしけ》に乗れなければ、万事休すである。

それも、談判がうまくいっての話である。少しでももたつけば、利根川の手前で一晩明かさねばならない。翌朝、利根川を渡るころには、正門に竹矢来が組まれるのだ。八ツまでのんびり待って、宇都宮城で忠温と会うのでは間に合わない。

忠介は鹿沼村に行くことにした。

七

鹿沼には二里ほどの道である。馬を飛ばせば、四半刻で着ける。鷹狩りの最中に、忠温と会うことにした。

しかし、鹿沼といっても広い。端から端まで探す時の余裕はなかった。

忠温が普段行く鷹狩り場を教えてもらい、とりあえず忠介はそこを目指すことにした。

鷹狩り場に着き、近在の農家で訊ねる。

「はあ、お殿様はいつもこのあたりで鷹狩りをしてっけど、きょうは来てねえっぺよ」

端《はな》からここにいないことは分かっているも、足がかりが欲しかった。

「ほかに鷹狩りをする場所を知ってるかい？」

「いや、知らねえっぺよ。ここじゃねえんだったら、どっか遠く離れたところでやってるんじゃねえっぺか」

考えれば、然りである。農夫の言葉に、忠介は途方にくれた。

鷹狩りなどしたことのない忠介では、それに適した場所を探すのは困難であった。ましてや、鹿沼周辺に忠介は土地勘がない。仕方なく、闇雲に馬を走らすことにした。やがてお天道様は真南に昇り、正午を報せるころとなった。馬上にいる忠介の顔面は汗が噴き出している。晩秋でも日差しはきつい。その上に、空腹と焦りが重なった。空腹は我慢できる。しかし、時を止めることはできない。忠介は、あと半刻が限度と考えた。

日はいく分西に傾いて、限度の半刻が経った。どこかで鷹狩りをしている忠温も、そろそろ帰り支度をする刻限であろう。忠介は、鹿沼村で会うのをあきらめ宇都宮城下に馬足を向けた。

茂呂山《もろやま》という、小高い丘のふもとに差し掛かったときであった。バサバサと鳥が羽ばたく羽音が忠介の耳に入った。目をやると、数羽の鴉《からす》がカァカァと騒がしく飛び立つのが見えた。

「……もしや？」

――鷹に怯え、鴉が追われたのではあるまいか？

忠介は茂呂山周辺に、馬を走らすことにした。

小高い丘を半周したところであった。一文字笠《いちもんじがさ》を被り、金糸織りの陣羽織に野袴を穿いた姿を、忠介は目《ま》の当たりにした。周りに五人ほど供侍がついている。

「さて、今日のところはここまでとするか」

鷹匠にかける忠温の声が聞こえるほどまで、忠介は近づいていた。

「忠温殿……」

背中に声を投げた。振り向いた顔は、明らかに忠温であった。

「あっ！」

驚くのは無理もない。忠温の仰天する顔が、忠介に向いた。

「どうしてここに……？」

挨拶などしている暇はない、忠介はのっけから忠温に切り出した。

「藩邸札を各藩に勧めたのは、忠温殿か？　それをたしかめたくて、急いで江戸から来たのだ」

「………」

忠介が問うも、忠温は黙って茂呂山の頂上を眺めるだけであった。

――宇都宮まで来た甲斐があった。

その面相に、答が書いてあると忠介は思った。

「もしそうだとしたら、教えていただけないか。何ゆえに、わが藩の……？」

さらに問いかけたところで、忠温は顔を家臣のほうに向けた。

「こちらにいるお方は、鳥山藩主小久保忠介殿だ。二人で話があるので、そちたちは先に帰ってよいぞ」

人払いをさせて、忠温の顔がようやく忠介に向いた。

「よくここが分かりましたな」

「命がけで、捜しましたぞ。今わが藩は……」

窮状を訴えようとするのを、忠温が止めた。

「こんなところでの立ち話はなんだ。この先に茶店がある、腹も空いているようですし、そこで……」

いっときの余裕もないが、忠介も同様ここは落ち着きが肝心と忠温の言うことに従うことにした。

毛氈《もうせん》の敷かれた縁台に、殿様二人が並んで座る。

「忠温殿……」

団子と茶を注文してから、忠介は四半刻をかけ鳥山藩の現況を語った。

「なんと、取り潰しは明日に迫っていると！」

忠温が驚愕する。

「いくら積年の恨みがあるといっても、このたびのことは……」

「いかにも、触れを出したのはこの宇都宮藩だ。だが、忠介殿が思っているような悪意ではない」

「悪意でないと……？」

「鳥山藩のためによかれと思い……それが、裏目に出てしまったか」

「裏目に出たとは？」

「忠介殿が二度目の登城をしたとき、内藤殿や堀田殿たちが話している声が聞こえました。そのとき『大変なことが待ちかまえているとも知らずに……』と言った内藤殿の言葉が、そのことだったかと今気づきました。どうやら、とんだ迷惑をかけてしまったようだ。何やら身共と同じ企てを、内藤殿と大目付の小笠原殿が仕掛けようとしていたみたいだ。もっとも向こうは、悪巧みでしょうが……」

そのときの様子を、忠温はこと細かく語った。

忠温の語り口に積年の恨みはまったく感じ取れず、忠介はそれを不思議に思った。

忠介の気持ちを察したか、忠温の話は別のほうに向いた。

「端《はな》からそれがしは、忠介殿のことを恨んではおりませんでしたぞ」

「なんですと？」

「その昔、身共が痛めつけられたそのときは、たしかに忠介殿を恨んだものです。だが、よくよく考えるとそれは忠介殿の温情であることが分かった。先代藩主であった兄上の体の具合が悪く、跡取りがいないことで身共を養子にするとの話が舞い上がった。しかし、素行がよくないことを理由に反対する者が出てきた。これではいけないと……」

忠介は暴力という形で忠温と縁を切った。

「それが本当のことでありましょう？」

語尾を上げて忠温は問うと、忠介は小さくうなずいた。

「それさえ分かればいい。それでは……」

先を急ぐと言って、忠介は腰を上げた。

「ちょっと待ってくだされ、忠介殿。話だけでは、証しにもなんにもならんでしょう。これから、一筆書きますので……」

「いや、それにはおよばんよ。そんなことをしたら、宇都宮藩が咎められることになる」

「ですが、どうして証しを……」

「考えておりますから、どうぞご案じなく。そうだ、それと……」

国元への救援物資は宇都宮藩からのものかと、忠介が問うた。

「…………」

忠温からの返事はない。しかし、その面相を見れば答えは知れた。

——かたじけない。

忠介は、心の中で礼を言うと小さく頭を下げた。

日の傾きを見ると、昼八ツごろであろうか。

「今すぐ江戸藩邸に戻ったほうがよろしいでしょう。ならば身共の『疾風《はやて》』をお使いなされ」

忠温の愛馬は千里の道も、疾風のように駆け巡ることができるという、大変な名馬であった。

「疾風ならば、宵までには江戸に着けるはずです」

「忠温殿……」

忠介は、人の温情をこれほど強く感じたことは今までにない。涙をこぼさんばかりに声を震わせ、深く頭を下げた。

「さあ、早く。この道を東に一里二町行けば、日光道に出ます。そこを右に曲がれば、あとはどこまでも真っしぐら……」

乗ってきた馬と交換し、忠介は疾風の馬上の人となった。

「それでは、江戸で……」

と一言残し、忠介は一目散に走りはじめた。


古河までのおよそ十里は、快調に来た。

これならば、夕七ツには利根川を渡れる。暮六ツまでには一刻残す余裕であった。

疾風の息が荒くなってきている。

忠介の体は太く丈夫である。目方は忠温と比べ、相当に重さを感じているはずだ。

千里の道も疾風のように駆け巡るという触れ込みは、誇張した表現であることぐらいは誰だって分かる。

大切な馬を借りているという引け目が、忠介にあった。疾風に何かあってはまずいと、古河を過ぎたあたりで休ませることにした。

宿場を過ぎると、ちょうどよい茶店《ちゃや》があった。

馬から降りると手綱《たづな》を立ち木に舫い、忠介は歩き出そうとするも、股関節がカクカクとして言うことを聞かない。蟹股《がにまた》となって、よろけるように葦簀《よしずば》張りの裏に回った。

「……忠温のやつ」

思い浮かべると、自然に顔がほころびる。すると緊張していた糸が切れたか、急に空腹が襲ってきた。疾風を休ませ、自らも空腹を満たす。

ここでしばらく休んでも、馬の夜目が利かなくなるまでには粕壁につけるであろう。疾風を粕壁の博労『豊田組』に預け、そこからは早駕籠《かご》を調達して江戸に入ろうとの目論見《もくろみ》であった。

「……遅くとも、宵五ツ半までには着けるはずだ」

団子を頬張りながら忠介が呟いたそのとき、ヒヒィーンと馬のいななきが聞こえてきた。

「……もしや？」

忠介の胸に、一抹の不安がよぎった。

遠ざかる疾風を追いかける力は忠介にはない。忠温の愛馬が、ちょっとした油断で盗まれてしまった。

忠介にとって、腰が抜けるほどの虚脱であった。頭も真っ白になり、この先のことが考えられない。

ふらつく足で茶屋を出たとき、ドスンと体にぶつかる衝撃があった。

「おっと、すまねえ」

男が謝りながら去っていく。ぶつかった痛みで、忠介はわれに返った。

「そうだ、先を急がねばならんのだ」

茫然自失となっていた間が長かった。気づいたときには、かなり西に日が傾いている。利根川の渡しまでは、まだ一里三町ほどある。船頭が艀《はしけ》から降りる暮六ツに、あと半刻と迫っていた。

「舟が出るぞー。しまい舟だー」

船頭の声を、忠介は利根川の土手の上で聞いた。利根川の、土手の河原は広い。艀はおよそ五十間先である。

「その舟、待てー」

八

忠介が幸手宿に着いたのは、とっぷりと夜の帳《とばり》が下りた宵《よい》五ツ半ごろとなっていた。何もなければ、江戸藩邸に着いているはずだ。

日光道沿いにある旅籠《はたご》はみな大戸が閉まっている。道を照らす明かりは、ところどころにある常夜灯だけであった。

忠介の不幸は、疾風を盗まれただけでは済まなかった。懐《ふところ》に路銀を忍ばせた財布までも、掏《す》りの餌食となってしまったのだ。かろうじて、巾着には利根川の渡し賃が残っていたのが、不幸中の幸いといえる。

幸手宿の中ほどに、鳥山藩が定宿としている本陣がある。

忠介には、そこだけが頼りであった。主人に話をつけ、江戸までの早駕籠を手配してくれるよう頼み込むつもりであった。

『大谷屋《おおたにや》』と看板のかかった宿に忠介は辿り着くも、表門の門扉は閉まっている。大名が止まる本陣ともなれば、防犯上から宿の構えも堅固である。

門扉を叩き、大声を出せども中からの反応はない。

「万策尽きたか」

およそ忠介らしくない愚痴が口から漏れた。

「いや、いかん」

あきらめるのは早いと、忠介は急場を凌ぐ知恵を振り絞る。

「なんとか叩き起こさねば……」

道には小石がいくらでも落ちている。忠介は拳大の石を拾うと、塀越しに投げつけた。ゴツンと雨戸に当る音が戻ってくる。たてつづけに三個投げつけたところで、門扉の向うから怒鳴り声が上がった。

「誰だ、石を投げつけるのは？」

警戒するか、門は開かない。

「鳥山藩主、小久保忠介だ」

忠介は声を振り絞る。すると、脇門が開いて番頭風の男が出てきた。疑いの目つきであった。忠介は、大谷屋の主である三郎《さぶろう》四郎《しろう》宗孝《むねたか》与《よ》五郎《ごろう》左衛門《ざえもん》の名を出した。

「ちょっと、お待ちを……」

ほとんどの人が覚えていない長たらしい名をすらすらと言えた忠介に、番頭の疑心は解けたようだ。

大谷屋三郎四郎宗孝与五郎左衛門の仲立ちで、どうにか早駕籠を調達できた。しかし、田舎の早駕籠は遅い。

粕壁までおよそ五里の道を、前後六人で担いでも三刻を要した。夜中の道では駆けづらいのは否めないとしても、いかにもゆっくりである。この早駕籠では明六ツには着けないと、忠介は粕壁の博労『豊田屋』に向かうことにした。暗い夜道に、道順が分からない。

「豊田屋なら知ってますぜ」

博労豊田屋に着いたのは暁《ぎょう》七ツ。まだ一番鶏が鳴くか鳴かぬころであった。当然豊田屋の遣戸《やりど》は閉まっている。どうして開けようかと忠介が思ったそのとき、六人の駕籠かきが一斉に騒ぎはじめた。

「火事だ、火事だあー」

丸太を拾い垂木《たるき》に打ちつけたりして、騒ぎを増幅させた。

浅草まではおよそ四里。明六ツまではあと半刻もない。

忠介は疲労困憊の自分にも、馬と同様の鞭《むち》を打った。


明六ツを四半刻後に迎え、鳥山藩上屋敷の客間では老中小久保忠真がまんじりともせずに待ちかまえていた。

向かい合うのは天野と前田、そして千九郎の三人であった。

「まだ、戻って来ぬな」

焦れた様子で忠真が問う。

「必ず殿は戻ってまいります」

答えたのは千九郎であった。

忠介の書状をもって、千九郎が訪れたのは小田原藩小久保家の上屋敷であった。書状には、明後日の早朝鳥山藩上屋敷においで願いたいとしたためてあった。理由は千九郎の口から聞かされている。

「幕府の使いが来たら、わしには止められんぞ」

分家の処分には、やむなく賛同せずにはいられなかった。しかし、それを覆す証しを忠介がもってくると説かれ、忠真は幕府の遣いより一足早く乗り込んでいたのである。

明六ツを報せる鐘が鳴り終わったところで、小姓の左馬之助が部屋へと入ってきた。

「今しがた、幕府の使いの方が……」

「とうとう来たか。ここに通せ」

忠真の命《めい》で通されたのは、大目付の小笠原であった。

「どうして、小田原藩の小久保様が……？」

むろん忠真とは顔見知りである。藩主の忠介とは異なる顔に、小笠原は目を丸くした。

「これより藩主が、潔白の証しをもってまいる。それまで、待っておれ」

老中の権限で、上意を押し留《とど》めた。

「上様からのお触れでござる。それは、なりませぬ」

いっときも早く小久保家を失脚させたい小笠原は、その猶予も許さなかった。『上意』と言ったら小笠原は上座に座り、老中であっても下座に座り拝して聞かなくてはならない。

「藩主不在であるが、いたし方がない」

小笠原は懐に入れた書状を取り出した。表書きには『下』と記されてある。将軍からの沙汰が読まれたら、よほどのことでは覆ることはない。絶体絶命の危機に、小久保家は陥った。

「上意！」

声高に、小笠原は口にする。そして、席を入れ替わろうとしたところであった。

「お待ちくだされませ……」

襖が開くと、髷《まげ》もざんばらとなり憔悴《しょうすい》仕切った忠介が部屋の中へと転がり込んできた。

「証しを届けた。上様の書状は、一度おしまいくだされ」

声を振り絞り、忠介は訴える。

「あるお方のもとを訪ねて、すべてを聞いてきましたぞ」

忠介は、戸田忠温から聞いた話をしゃがれた声で語った。

「各藩に金を出させ、溜まったところでそれを掠め取ろうとが幕閣の計略。それに乗じて、老中小久保忠真様を失脚させようとしたのがあるお方と誰かの策謀……」

ここ一番と忠介の鋭い眼光が、小笠原に向いた。

「あるお方とは誰かを、はっきりと言う。水野様と大目付の小笠原殿、お二人の差し金であったな。内藤備後守を巻き込んでの……」

忠介の突き詰めに、小笠原の体は小刻みに震えている。

「相違ないか、小笠原？」

小田原藩主忠真の問いかけであった。だが、小笠原からの返事はない。

「だったら、上様からの書状を懐に戻せ。あとでわしのほうから水野殿に話をする。鳥山藩の咎《とが》は、六千両だけでよろしかろうと。鳥山藩の取り潰しと、わしの老中失脚は勘弁してくれとな」

小久保忠真が、言い含めるように言った。

「かしこまりました」

ことを荒げたくないといった様子に、小笠原はほっと安堵の表情を見せた。

「それで、上様の書状はどうなされまする？」

破棄はできないと、小笠原は言う。

「酒井《さかい》殿から、上様には謝《あやま》ってもらう。鳥山藩の改易は誤りだったとな」

本家小久保家当主でもあり、老中としての貫禄であった。

六千両まで返せと言ったら、宇都宮藩の戸田忠温のことを話さねばならないだろう。それだけは避けたかったと、忠介は忠真に感謝をする思いであった。

忠真と小笠原が引き上げていったあと、忠介は三人の家臣と向き合った。

「千九郎、このたびはご苦労だったな」

「殿こそ大変な思いをなさったようで」

忠介の困憊《こんぱい》しきって部屋に入ってきた様子を、千九郎は痛々しく感じていた。

「これで、鳥山藩は生き返った。だが、六千両の借財が残り財政はますます逼迫した」

「家臣一同、手を携えてこの危機を乗り切っていきたいと存じます」

家老の天野から決意が述べられた。

「だったらこれからも、儲け話を考えようじゃねえか。なあ、千九郎」

「幕府に取り上げられることがないようにしませんと……」

「まったくだいなあ」

忠介の顔に、ようやく笑いが戻った。そして、すぐに苦渋のものとなった。

「……いけねえ、忘れてた」

「いかがなさいました？」

江戸留守居役の前田が問うた。

「いや、なんでもねえ」

忠介の脳裏をよぎったのは、戸田忠温から借りた『疾風』のことである。どうして弁償しようかと思い悩むも、それを口にすることはなかった。

時代小説
二見時代小説文庫

べらんめえ大名《だいみょう》 殿《との》さま商売人《しょうばいにん》1

著者 沖田《おきだ》正午《しょうご》

発行所 株式会社 二見書房
東京都千代田区三崎町二-一八-一一
電話 〇三-三五一五-二三一一［営業］
〇三-三五一五-二三一三［編集］
振替 〇〇一七〇-四-二六三九

印刷 株式会社 堀内印刷所
製本 ナショナル製本協同組合

 ISBN978-4-576-14113-8
http://www.futami.co.jp/

二見時代小説文庫

陰聞《かげき》き屋 十兵衛

沖田正午［著］

江戸に出た忍《しのび》四人衆、人の悩みや苦しみを陰で聞いて助けます。亡き藩主の無念を晴らすため萬ず揉め事相談を始めた十兵衛たちの初仕事の首尾やいかに!? 新シリーズ

刺客 請け負います 陰聞き屋 十兵衛2

沖田正午［著］

藩主の仇の動きを探るうち、敵の懐に入ることになった陰聞き屋の仲間たち。今度は仇のための刺客や用心棒まで頼まれることに。十兵衛がとった奇策とは!?

往生しなはれ 陰聞き屋 十兵衛3

沖田正午［著］

悩み相談を請け負う「陰聞き屋」なる隠れ蓑のもと仇討ちの機会を狙う十兵衛と三人の仲間たちが、絶好の機会に今度こそはと仕掛ける奇想天外な作戦とは!?

秘密にしてたもれ 陰聞き屋 十兵衛4

沖田正午［著］

仇の大名の奥方様からの陰依頼。飛んで火に入るなんとやらで、絶好の仇討ちの機会に気持ちも新たに悲願達成を目論むが。十兵衛たちのユーモアシリーズ第4弾!

そいつは困った 陰聞き屋 十兵衛5

沖田正午［著］

押田藩へ小さな葛籠を運ぶ仕事を頼まれた十兵衛。簡単な仕事と高をくくる十兵衛だったが、葛籠を盗まれてしまう。幕府隠密を巻き込んでの大騒動を解決できるか!?

一万石の賭け 将棋士お香 事件帖1

沖田正午［著］

水戸成圀は黄門様の曾孫。御侠《おきゃん》で伝法なお香と出会い退屈な隠居生活が大転換!・藩主同士の賭け将棋に巻き込まれて…。天才棋士お香は十八歳。水戸の隠居と大暴れ!

娘十八人衆 将棋士お香 事件帖2
沖田正午［著］

御俠《おきゃん》なお香につけ文が。一方、指南先の息子の拐かしを知ったお香は弟子である黄門様の曾孫梅白に相談するが、今度はお香も拐かされ……シリーズ第2弾！

幼き真剣師 将棋士お香 事件帖3
沖田正午［著］

天才将棋士お香が町で出会った大人相手に真剣師顔負けの賭け将棋で稼ぐ幼い三兄弟。その突然の失踪に隠された、ある藩の悪行とは？ 娘将棋士お香の大活躍！

公家武者 松平信平《のぶひら》 狐のちょうちん
佐々木裕一［著］

後に一万石の大名になった実在の人物・鷹司松平信平。紀州藩主の姫と婚礼したが貧乏旗本ゆえ共に暮せない。町に出ては秘剣で悪党退治。異色旗本の痛快な青春

姫のため息 公家武者 松平信平2
佐々木裕一［著］

江戸は今、二年前の由比正雪の乱の残党狩りで騒然。背後に紀州藩主頼宣追い落としの策謀が……。まだ見ぬ妻と、舅を護るべく公家武者の秘剣が唸る。

四谷の弁慶 公家武者 松平信平3
佐々木裕一［著］

千石取りになるまでは信平は妻の松姫とは共に暮せない。今はまだ百石取り。そんな折、四谷で旗本ばかりを狙い刀狩をする大男の噂が舞い込んできて……。

暴れ公卿 公家武者 松平信平4
佐々木裕一［著］

前の京都所司代・板倉周防守が黒い狩衣姿の刺客に斬られた。狩衣を着た凄腕の剣客ということで、疑惑の目が向けられた信平に、老中から密命が下った！

千石の夢 公家武者 松平信平5
佐々木裕一［著］

あと三百石で千石旗本。信平は将軍家光の正室である姉の頼みで、父鷹司信房の見舞いに京の都へ……。松姫への想いを胸に上洛する信平を待ち受ける危機とは？

妖《あや》し火 公家武者 松平信平6
佐々木裕一［著］

江戸を焼き尽くした明暦の大火。千四百石となっていた信平も屋敷を消失。松姫の安否を憂いつつも、焼跡に蠢く悪党らの企みに、公家武者の魂と剣が舞う！

十万石の誘い 公家武者 松平信平7
佐々木裕一［著］

明暦の大火で屋敷を焼失した信平。松姫も紀州で火傷の治療中。そんな折、大火で跡継ぎを喪った徳川親藩十万石の藩主が信平を娘婿にと将軍に強引に直訴してきて…

黄泉《よみ》の女 公家武者 松平信平8
佐々木裕一［著］

女盗賊一味が信平の協力で捕まり処刑されたが、頭《かしら》の獄門首が消えたうえ、捕縛した役人らが次々と殺された。信平は盗賊を操る黒幕らとの闘いに踏み出した！

将軍の宴 公家武者 松平信平9
佐々木裕一［著］

四代将軍家綱の正室顕子女王に、京から刺客が放たれたとの剣呑な噂…。信平は老中らから依頼され、宴で正室を狙う謎の武舞に、秘剣鳳凰の舞で対峙する！

宮中の華 公家武者 松平信平10
佐々木裕一［著］

将軍家綱の命を受け、幕府転覆を狙う公家を倒すべく信平は京へ。治安が悪化し所司代も斬られる非常事態のなか、宮中に渦巻く闇の怨念を断ち切ることができるか！

栄次郎江戸暦　浮世唄三味線侍
小杉健治［著］

吉川英治賞作家の書き下ろし連作長編小説。田宮流抜刀術の達人矢内栄次郎は部屋住の身ながら三味線の名手。栄次郎が巻き込まれる四つの謎と四つの事件。

間合い　栄次郎江戸暦2
小杉健治［著］

敵との間合い、家族、自身の欲との間合い。一つの印籠から始まる藩主交代に絡む陰謀。栄次郎を襲う凶刃の嵐。権力と野望の葛藤を描く傑作長編小説。

見切り　栄次郎江戸暦3
小杉健治［著］

剣を抜く前に相手を見切る。過てば死…。何者かに襲われた栄次郎！彼らは何者なのか？なぜ、自分を狙うのか？武士の野望と権力のあり方を鋭く描く会心作！

残心　栄次郎江戸暦4
小杉健治［著］

吉川英治賞作家が〝愛欲〟という大胆テーマに挑んだ！美しい新内流しの唄が連続殺人を呼ぶ……抜刀術の達人で三味線の名手栄次郎が落ちた性の無間地獄

なみだ旅　栄次郎江戸暦5
小杉健治［著］

愛する女を、なぜ斬ってしまったのか？三味線の名手で田宮流抜刀術の達人矢内栄次郎の心の遍歴……吉川英治賞作家が武士の挫折と再生への旅を描く！

春情の剣　栄次郎江戸暦6
小杉健治［著］

柳森神社で発見された足袋問屋内儀と手代の心中死体。事件の背後で悪が哄笑する。作者自身が〝一番好きな主人公〟と語る吉川英治賞作家の自信作！

神田川斬殺始末　栄次郎江戸暦7

小杉健治［著］

三味線の名手にして田宮流抜刀術の達人矢内栄次郎が連続辻斬り犯を追う。それが御徒目付の兄栄之進を窮地に立たせることに……兄弟愛が事件の真相解明を阻むのか！

明《あけ》烏《がらす》の女　栄次郎江戸暦8

小杉健治［著］

栄次郎は深川の遊女から妹分の行方を調べてほしいと頼まれる。やがて次々失踪事件が浮上し、しかも自分の名で女達が誘き出されたことを知る。何者が仕組んだ罠なのか？

火《か》盗《とう》改《あらた》めの辻　栄次郎江戸暦9

小杉健治［著］

栄次郎は師匠の杵屋吉右衛門に頼まれ、兄弟子東次郎宅を訪ねるが、まったく相手にされず疑惑と焦燥に苛まれる。東次郎は父東蔵を囲繞する巨悪に苦闘していた……

大川端《おおかわばた》密会宿　栄次郎江戸暦10

小杉健治［著］

〝恨みは必ず晴らす〟という投げ文が、南町奉行所筆頭与力の崎田孫兵衛に送りつけられた矢先、事件は起きた。しかもそれは栄次郎の眼前で起きたのだ！

秘剣　音無し　栄次郎江戸暦11

小杉健治［著］

栄次郎が、湯島天神で無頼漢に絡まれていた二人の美女を救った事から事件は始まった…！　全ての気配を断ち相手を斬る秘剣〝音無し〟との対決に栄次郎の運命は……

永代橋《えいたいばし》哀歌　栄次郎江戸暦12

小杉健治［著］

日本中を震撼させた永代橋崩落から17年後。栄次郎は、奇怪な連続殺人事件に巻き込まれた。死者の懐中に残された五人の名を記した謎の書付けは何を物語るのか。

二見時代小説文庫

人生の一椀　小料理のどか屋 人情帖1

倉阪鬼一郎［著］

もう武士に未練はない。一介の料理人として生きる。一椀、一膳が人のさだめを変えることもある。剣を包丁に持ち替えた市井の料理人の心意気、新シリーズ！

倖せの一膳　小料理のどか屋 人情帖2

倉阪鬼一郎［著］

元は武家だが、わけあって刀を捨て、包丁に持ち替えた時吉の「のどか屋」に持ちこまれた難題とは…。心をほっこり暖める時吉とおちよの小料理。感動の第2弾

結び豆腐　小料理のどか屋 人情帖3

倉阪鬼一郎［著］

天下一品の味を誇る長屋の豆腐屋の主が病で倒れた。このままでは店は潰れる。のどか屋の時吉と常連客は起死回生の策で立ち上がる。表題作の外に三編を収録

手毬寿司　小料理のどか屋 人情帖4

倉阪鬼一郎［著］

江戸の町に強風が吹き荒れるなか上がった火の手。店を失った時吉とおちよは無料炊き出し屋台を引いて復興への一歩を踏み出した。苦しいときこそ人の情が心にしみる！

雪花菜《きらず》飯《めし》　小料理のどか屋 人情帖5

倉阪鬼一郎［著］

大火の後、神田岩本町に新たな店を開くことができた時吉とおちよ。だが同じ町内にけれん料理の黄金屋金多が店開きし、意趣返しに「のどか屋」を潰しにかかり…

面影汁　小料理のどか屋 人情帖6

倉阪鬼一郎［著］

江戸城の将軍家斉から出張料理の依頼！ 隠密・安東満三郎の案内で時吉は江戸城へ。家斉公には喜ばれたものの、知ってはならぬ秘密の会話を耳にしてしまった故に…